ます池
道
西五丁目
にわとり
中通り
せい米
油
しょうゆ
みそ
かし
西三丁目
おりもの
西二丁目
池
材木
西一丁目
ガラスや
やきもの
修理
かじや
車庫
ガソリン
売店
役場
倉庫

田村一二

茗《みょう》荷《が》村《むら》見《けん》聞《もん》記《き》

［復刻版］

北大路書房

はしがき

この「茗荷村《みょうがむら》」は、日本中どこにも無い。ただ、私の心の中にだけある空想の村、夢の村である。

今から四十年前、京都市の小学校で、特殊学級担任をしていた頃から、「茗荷村《みょうがむら》」構想の小さな芽は、私の心の隅に芽生えていたようである。

いい先生になろう、いい教育をしようと、けんめいになりながら、何故こんなところに、こんな風に、こんな子どもたちばかり集めて教育しなければならないのか、何故、特殊という名で、皆から隔離されなければならないのか、そんな疑問が、ちらちらと私の心をかすめた。

特殊教育担任を十一年やってから、滋賀県に移って、石山学園に三年勤めた。ちょうど戦争中で、物が不自由であったので、野草を集めて食べたり、すすきを刈って来て屋根を葺《ふ》いたり、井戸を掘ったり、藪《やぶ》を開墾したり、そういうことを、かたわら防空濠を掘りながら、毎日、子どもたちとけんめいにやった。

物が一番不足した時でありながら、私の過去四十年の教育生活のうち、この三年間程、充実した手ごたえのあった時代はなかった。

この時の経験が、「茗荷村《みょうが》」構想を次第に具体的に鮮明な形態をとらせていった。

終戦後、近江学園に十五年、更に現在の一麦寮に勤めて十一年目となった近頃では、もう「茗荷村《みょうが》」は私の心の中で、はっきりとした形をとり、その色も、音も、においまでがわかるようになった。

だんだん、村の形が育ってくるにつれて、私も男である以上、せめて、小型の「茗荷村《みょうが》」でもつくってみたい、それもかなわぬなら、「茗荷塾《みょうが》」でもつくってみたいという思いもつのって来た。

しかし、六人の息子を抱えて、先行食べて行けるかどうかわからぬ生活にとび込んで行く勇気はなかった。

甲斐性なしの私は、自分のできないことを空想の世界でみたす癖を子どもの時分から持っていた。体も気も弱かった私は、学校で時々泣かされた。口惜しいけれど歯向かう力はなかった。そこで、寝る前に、空想の世界で、昼間私を泣かした奴、まわりで笑って見ていた奴らを、さんざんに殴りつけ蹴とばして、すっとして寝たものである。

おまけに、田舎のことで、毎晩のように、しゃべりに来る老人たちの話は、狐や狸の化けた話、海坊主や幽霊に会った話、うわばみやろくろ首の話にきまっていた。

この年になっていまだに、空想、幻想、怪奇物語が好きなのは、一つにはこの時分にまかれた種子のせいかもしれない。

現実に、村をつくる甲斐性のない私は、これを空想で、でっち上げ、その村を、私が見聞して廻ったようにして書いたのがこの本である。

夢物語だから、いいかげんなところがあって、例えば、ガラス屋のところで、あんな方法でガラスの皿が出来るのかどうか知らないけれど、出来れば面白いなと思って、そのままを書いた。

その他、好きなところは必要以上に克明に、苦手なところは、ごまかしたり、すっとばしたり、まことに得手勝手な文である。

しかし、そういう文を補ってあまりあるのが、虫眠館、たかはしてるお君の版画である。彼は、若い頃、京都の絵の研究所へ一しょに通った仲間で、今は瀬田川の下流、曽束という小さな部落の帰命寺という寺の住職でひっそりと暮らしているが、詩人仲間では有名な版画家である。

いつか、私の本を、彼の版画でかざって貰いたいという長年持ち続けた念願が、今かなえられて、こんな嬉しいことはない。

「茗荷村《みょうが》」構想の基本的なことや、今後の問題などについては、村長や、研究所長の花竹先生や、案内役の春木君らに、適宜しゃべらせているが、私の死後、空想力も実行力も旺盛な若者があらわれて、よーし面白い、この村をつくってやろうと努力して実現してくれたら、私は草葉のかげから手を合わせるような、そんな陰気なことはしない。一つかわいい小鳥になって、きれいな声で鳴きながら、村の上空を縦横にとび交いながら、眺めさせて貰おうと思っている。

昭和四十六年九月

田村一二

もくじ

（カット　高橋輝雄）

＊本書は、一九七一年初版の著作で、「精神薄弱」「精薄」などの言葉が用いられていますが、今回の復刻に際し、それらの言葉も含めそのままといたしました。通読いただければ、ご理解が得られるものと存じます。なお、現在では法律の改正もあり、「知的障害」という言葉を用いることが普及し、すでにそれらが定着してきていることをつけ加えておきます。

（北大路書房編集部）

第一章　役　場

ひとりでいる。
のっぺらぼうだ、
らちんの頭
はおたつさす
五六匹の中
でうろ、作、
はを気あり
た。
川の向こ
たりしっし
かけある。
六才さな墓

バスの停留所から、三キロぐらいしかないときいたので、村からの迎えの自動車を断わって、歩いていくことにした。

幸いよい天気で、空には、春を待ちかねたような雲雀《ひばり》の囀《さえず》りが、はじけるように上がったり下がったりしていた。

幅三メートルぐらいの小川に沿った一本道である。土手には土筆《つくし》が、透き通るような軟らかさをみせて立っていた。ところによると、ぎっしりとむらがって立っている。都会の子どもたちに見せたら、喜ぶだろうなと思った。小川の向う岸は、緩やかな傾斜で、わびすけの赤い花が、暗い緑の中に、点々と火をともしていた。

川の水は実にきれいで、今時、こんな川がまだあったのかと、ふしぎな気持がしたものである。

ク、ク、ク、クという雞の声に目を上げると、行く手に大きな黒い門があって、その門の出たあたりに、一羽の逞《たくま》しい牡雞を中心に、五六羽の牝雞が、土を掻《か》いて餌を拾っていた。

何か、非常に珍しいものを見た思いで、私は立ち止まった。戦前、田舎へ行けば、どこでも見られたものである。それが、今、土に遊んでいる雞の姿を見て、珍しいと感じたのは、自分の頭の中に、雞といえばケージの中に居るものという考えが既に固定しかけていた証拠である。

雞の群れの向うから、同時に、私の目にとびこんで来たのは門の中にひろがる菜種畑の黄色である。かくも鮮烈に黄色が脳の中にまでとび込んで来たということは、一体、どういうことであろう。

子どもの時からみなれていた菜種畑の黄色など、珍しくも鮮烈でもなかったはずである。今日はどうかしていると、門の前で苦笑いをしてしまった。しかし、考えてみると、戦後、菜種など余りつくらなくなってしまったから、いつの間にか、頭の中から、あの『黄色』がぼけかかっていたところへ、今、急に、昔通りの『黄色』をみせられたので、びっくりしたのであろう。

そんなことを思いながら、大きな黒い門を中にはいると、いきなり右手の小屋から、小さな巡査が二人とび出して来た。

ぱっと直立不動の姿勢をとると、さっと挙手の敬礼をした。私が「今日は」といって頭を下げると、さっと手を下ろして、にこにこしながら「いらっしゃい」といった。

勿論、本物の巡査ではない。巡査のような服を着せてもらい、ヘルメットをかぶせてもらい、警棒らしきものをぶらさげてはいるが、二人とも、いわゆるダウン症候群といわれるちえおくれの子らである。

もう大人だろうが、十四、五歳ぐらいにしか見えない。兄弟かと思うぐらいよく似ている。白いヘルメットの下で特有のまんまるい顔をにこにこさせているところは、まことにかわいい。

「村長さんは」ときくと、こっくりと肯《うなず》いて、黙って一人が先に立って歩き出したので、その後について歩き出した。一人は元の小屋に帰っていった。

左へ折れて少し行くと、大きな、がっしりとした藁屋根の家の前に出た。入口の紙障子に「茗荷《みょうが》村役場」と、かすれた大きな字で書いてある。右肩に「抱き茗荷《みょうが》」の紋がかかれているのだが、明らかに、後から思いついて入れたらしく、障子の枠《わく》と文字との間にはさまって、歪《ゆが》んだまま適当におさまっている。

上手ではないが、こだわりのない風格のある字だ。

「これ、村長さんが書いた、下手くそ」巡査はにやっと私の顔をみて笑った。私も調子を合わせて、にやっと笑うと、障子を勢いよくあけて怒鳴った。

「村長さん、お客さん」

そして私にさっと挙手の礼をして、駆《か》けていってしまった。

「おいやー」

間延びのした返事がした。村長さんらしい。

はいると、土間で、すぐ右に昔は牛がいたであろうところに、自転車が二、三台入れてあって、その横に太い番傘が十本ほど、ぶら下がっていた。

その奥は、ガラス窓のはまった明るい事務所で、十人ぐらいの若い人が作業服のまま事務をとっていた。みんな長靴や地下足袋のままである。

つき当たりは格子戸で、その奥は炊事場であろう。典型的な関西の農家の構えである。

左の十畳ほどの部屋の真ん中に、大きな囲炉裏《いろり》が切ってあって、それにしっくりと合うこれ又大きな鯉《こい》のついた自在《じざい》が、真黒になってぶら下がっていた。

その囲炉裏《いろり》のそばから、縞《しま》の筒袖《つつそで》に黒いモンペをはいた、さっきの巡査にそっくりの顔をした禿頭《はげあたま》のじいさんが、まんまるい顔をにこにこさせて立って来た。

「ようこそ、ようこそ」

「田村です」

「さあ、どうぞ、どうぞ」

ひっぱり上げるようにして、私を上げると、急いで炉ばたに帰って、座蒲団をなおしてくれた。

いい紺に染められた木綿の小型の座蒲団で、その白抜きの模様は、あきらかに、この村の子どもたちが描いたものであることがわかる。太い線がぐるぐるっとまわって、ぴーんとはねとんでいる。墨のはねた点までがそのまま、鮮かに染め出されていた。

余りにも雄渾《ゆうこん》で、坐ることをためらっていると、村長さんが
「ちょっと、座ぶとんにはこの絵は強すぎますな。けど、まあ、しゃぁない、思い切って、坐

っとくれやす」

そういって、にやりと笑って見せたので、思い切って、むんずと坐った。背骨がしゃんとしたような気持がした。

「おーい、きくちゃんよおー」

村長さんが大きな声を出すと

「はーい」

炊事場で返事がして、すぐ、紺絣の着物を着て、村長さんと同じような黒いモンペをはいた女の子が出て来て、ぺたんと坐った。

「いらっしゃい、はい、どーぞ」

木の葉にのせたおしぼりを私の前に押しやると、にこっと笑った。この子も明らかにちえおくれの子である。

「ありがとう」というと、それを待っていたように、

「はい」と立って行った。

三キロの道を歩いて来たので、この熱いおしぼりはありがたかった。

おしぼりをのせて来た木の葉を見た。朴《ほお》の枯葉だ。それがそのままの形、色、虫くいもそのままで、樹脂で固められている。自然の美しさが、枯れたものは枯れたままで、見事に出され

ている。

「あんたも、黙って見入る型ですな」

村長さんの声に、はっとして、まだ挨拶《あいさつ》もしていないことに気がついた。

「いや、よろしいがな、私も挨拶《あいさつ》は苦手ですわ、あんたのことは、お手紙でようわかってます」

私も挨拶《あいさつ》は苦手なので、村長さんのことばに、ほっとして、出された茶碗を手にとった。ほったりと適当な柔かさと重み、掌に来る茶のぬくみが快よい。近頃の薄っぺらい、きらきらした茶碗とは、だいぶ違う。

「これは」

村長さんは「いやー」と子どもが悪戯《いたずら》をみつけられた時のような顔をして、手で後頭を掻《か》いた。村長さんの作らしい。

「子どもらの作った茶碗は、みな、くれくれと持っていんでしまいよるんで、私のもんやったら、まあ、こうやって、無事にありますんでなあ」

「そんなら、私が、これを頂きましょうか」

「いやー」

村長さんは、大きな声を出して、それでも嬉しそうに笑った。

「そんなら、私の茶碗、もろてもろたお礼に、お菓子出しましょか」

村長さんは、笑いながら、黒光りする戸棚《とだな》から、太い竹筒を出して来た。桐の木の栓をぽんと抜くと、白釉《ゆう》の大ぶりの菓子鉢に、中味をざらざらとあけた。煎餅《せんべい》である。

「これは、うちで育てた小麦を粉にして、同じ大豆を粉にして、南京豆を荒びきしたのと、それらを混ぜて、塩だけで味つけしたもんですわ。それを、あの、鉄製の、かたかたひっくり返して焼く煎餅《せんべい》焼き、あれ、御存知ですか、あれで、私が焼きましたんですわ。まあ、召し上がってみとくれやす」

菓子までが手製とは驚いた。話をきいただけでも、うまいだろうと思ったが、案の条たべてみて、軽くて素朴な、香《こう》ばしい味に感心した。今時、こんな、さわやかな煎餅《せんべい》はない。

「きくちゃんよー」村長さんが大きな声を出した。「馬車いうて来てんか」

「はーい」とのんびりした返事が台所の方からきこえた。

村長さんは二杯目の茶を入れてくれた。

改めて、部屋の中を見廻してみたが、隅に、村長さんが、煎餅《せんべい》を出して来た、黒光りのするどっしりとした戸棚《とだな》が一つあるだけで、何の飾《かざ》りもない。

白い障子と黄土色の壁、黒い柱と杉戸、白と黄土と黒の単純な調和が美しかった。

チンカラ、チンカラと馬鈴の音、かっぱかっぱと蹄《ひづめ》の音、それが近づいて来て、表で止まったと思ったら、太い声が怒鳴《どな》って来た。

「村長さんよー、来たぞー」

「おいやー」

例の独特の返事をすると、囲炉裏《いろり》の火に灰をかけて村長さんは立ち上がった。

「さあ、参りましょ。御案内しますわ」

村長さんがつっかけたちび下駄も、どうやら手製らしい。

土間を横切って、事務所へはいった。

「これからちょっと、お客さんを御案内してくるでなあ。昨日話したお客さんや」

村長さんが紹介すると、十五、六人いた事務員が、皆一斉にさっと立ち上がって、ていねいなおじぎをしたのには驚いた。あわてて、

「田村です、どうぞよろしく」

といって私もていねいにおじぎをした。

「ちょっとすんません」

村長さんは私の方に、ことわっておいてから、

「矢島君」

若い、陽やけした青年が急いで近づいて来た。

「ヘリコプターが、もうじき帰って来るさかいな。産業課長も、もう○○市から帰って来るやろ」

「はい」

「課長が帰ったらすぐ、ヘリの大塚君の写真の話をもとに、君らで次の植林計画をたてといてくれや」

「はい、わかりました」

「そんなら、いってくるで」

「いっていらっしゃい」

ヘリコプターとは驚いた。どうも、藁屋根の村役場とくっつかない。

「村長さん、ここには、ヘリコプターがあるのですか」

「ええ、一台。何しろ、この村、山が相当広いので、あれがあると、状況観測にも、資材搬《はこ》びにも、木材出しにも便利でしてなあ」

表へ出ると、眩《まぶ》しいくらい春の陽が明るかった。

その中で、真先に、つやつやとした栗毛の馬が目にとびこんで来た。まあ、こんなに手入れの行き届いた馬を近頃見たことはない。天津甘栗をそのまま、馬の形にふくらませたような、張りと艶《つや》があった。

駆者《ぎょしゃ》は馬の鼻面《はなづら》を撫《な》でて、何かぶつぶつと話しかけていたようだったが、われわれを見ると、

「そら、吉よ、村長のくそじじいが来たぞ」

馬の平首をパンとたたくと、ひょいと駆者台《ぎょしゃ》にとび乗った。

地下足袋《たび》をはいて、デニムのズボン、カウボーイの着るようなピラピラの下がったチョッキ、それにねじり鉢巻《はちまき》という風態、その顔付きからみても、明らかに、本来的にこの村の住人である。

駆者席《ぎょしゃ》が二人がけ、客の方は六人がけ、屋根は駆者席客席ぶっ通しのカンバス張り。車はタイヤ。バネがよいとみえて、ガタガタはしない。座席には、その大きさに合わせて織った結び織がしいてある。馬車全体が手製である。

「音よ」

「何じゃい」

「ええ蹄鉄《かね》つけたの」

「うん、ええじゃろ、ゆんべ、鉄んとこでつけてやったんじゃ、吉のやつ、今日は張り切っとるわい」

この駆者は音吉というが、皆が音、音としか呼ばんので、自分の名前の下半分の吉を馬にやってしまったほどの大変な馬好きで、この音という人間と、吉という馬とは、人と馬との差は

あるが、心の通いは兄弟同様だと村長さんが話してくれた。
十五、六歳の時、この村に預かったが、その時、熊吉爺さんが世話していたこの馬を、一目見た時から、正に馬が合ったというのか、一ぺんに好きになってしまい、馬の方も一ぺんに音吉が好きになってしまったらしい。
熊吉爺さんの許しを得て、馬小屋の二階で寝起きをするようになり、爺さんの助手として働いた。仕事は主として、山道での材木などの運搬《うんぱん》である。
二、三年前に爺さんが死んでからは、音吉の発案で、荷車ひきの間に、村へ来た客をのせて案内するいわば観光馬車をひくことになった。
客たちも喜ぶし、音は、もうそれが嬉しくて、彼の兄弟分の馬の吉を、頭のてっぺんから爪先まで磨き立て、車をぴかぴかに光らせて、客をのせて走ることに、最大の生甲斐を感じているようであった。

「音君は、いくつですか」

「さあ、もう二十五、六になるでしょうな。音よー」

「なんじゃい」

「お前、いくつになったかい」

「そんなもん、覚えとるかい」

正に桃源境《とうげんきょう》である。

「村長さんよー」

「なんじゃい」

「今日は、どっち廻りじゃ」

「そうじゃのう、左じゃ」

「吉よ、左じゃとよ」

吉は、手綱《たづな》を引かれもせぬのに、左へ曲がりはじめた。音と吉との間には、手綱などはいらぬらしい。

そのあたりは、自動車の修理工場、ガソリンスタンド、車庫などがならんでいた。

鍛治屋もあった。そこで、吉はゆうべ蹄鉄《かね》をつけてもらったのであろう。

修理を要する農具や、新しくつくられた鍬《すき》や鎌《かま》もあった。

「こらー、鉄よー」

音がいきなり馭者台《ぎょしゃ》から大声をはりあげた。

それを待っていたように、中から、音によく似た年配の男が、カンバス製の前掛けをつけて、手に短いハンマーを持って、とび出して来た。

「何をー、糞音」

額も、頬も、鼻の頭も火の熱気で赤く焼けて、小さな金壺眼が奥の方で、ぱちぱちとまたたき、その上顔中皺《しわ》だらけで、どう見ても猿がねじり鉢巻きをして、ハンマーを持ってとび出して来たとしか見えなかった。

「こら、糞猿」

音が怒鳴った時、私は自分の気持をそのままいわれた気持で、思わず吹き出してしまった。

「おのれ、早いこと、馬車の心棒直しとかんと、コークスに馬糞まきちらすぞ」

「あほんだら、そんなことしてみやがれ、馬のねぐらに、金糞ぶちまけるぞ」

「ほいほい」

村長さんがそういうと、二人は顔見合わせて、あははと笑った。吉は又ぽっかぽっかと歩き出した。

車庫には中型バス一台、マイクロバス一台、ライトバン二台、ジープが二台、中型トラック一台、小型トラック一台、それに小型ブルドーザーが一台、乗用車は一台もないということであった。それは、茗荷村《みょうが》のいき方を暗示しているようであった。

それらの地帯の奥に、杉木立をへだてて、ヘリコプターの発着場と格納庫がある。

馬車は右に曲がって、又村道に戻りはじめた。

「あの鍛治屋の鉄は猿そっくりでっしゃろ」

いきなり村長さんがいい出したので、私はどぎまぎして、あいまいに肯《うなず》いた。

「はあ」

「この音は、馬みたいな顔をしていまっしゃろ」

あんまりはっきりいうので答えようがなく、そっと、音の横顔をうかがったら、何と、音は世にも嬉しそうな顔をしているではないか。

「子どもの頃は丸顔やったんですがなあ、だんだん大人になるにつれて、吉の顔に似て来たんですなあ。どうです、そっくりでっしゃろ」

村長さんのあく抜けし過ぎた話には参った。

音は、にやりとして、ぐっと胸を張っていた。どうも見当が狂う。

「この音とあの鉄はね、けんか仲よしというやつですなあ」

村長さんは楽しそうであった。

「大体頭の方も同じ位ですなあ。なあ、音よ、そうじゃのう」

「うん、まあなあ。けど、俺の方がちっと上かな」

「鉄も、俺の方がちっと上かなといっとったぞ」

村長さんはけしかけるようにいった。

「あの、糞猿」

「又、今晩、ぼけ屋でやるか」

「うーん」

音は、嬉しそうに、にたーと笑った。

「ぼけ屋って何ですか」

「居酒屋でね、そこで、毎晩のように、この二人、けんかを肴に飲むんですわ」

「居酒屋があるんですか」

「ええ、後で、御案内します。そこで、昼御飯をたべましょ」

私は腹の奥の方がぐっと鳴ったように思った。

さっきから、製材鋸《のこ》の音が勢いよくきこえていたが、馬車が、村道から又左へ曲がると、大きな製材所の前へ出た。広場には原木が山のように積み上げてあった。

トタン屋根の小屋の中からは、何台かの鋸が、うわーん、うわーんと唸《うな》っている。

表で「こわ」を片づけていた二、三人の青年が、にたにたしながら顔を馬車に向けて手を振った。

「この製材所にはな」村長さんも手を振った。「ああいう青年が、ちょうど十人せわになってますわ」

この製材所をやっている人は、もと○○市で大きくこの仕事をやっていた木村さんという人だが、十年前に、この茗荷《みょうが》村の構想を村長さんたちにきいて、非常に感動し賛成して、是非自分もそういう村をつくって、その村に住んで、そういう子どもたちと一しょに働いてみたいと言い出した。

そして、商売の方はすっかり息子に譲《ゆず》って、奥さんと二人で、この村に小さな家を建てて移り住んだ。

はじめ、店からつれて来た二、三人の職人を相手に小さな製材所をはじめたが、もともと製材の神さまみたいな人ではあり、○○市はもとより、この地方一帯に名の知られた人でもあり、息子も協力するので、どんどん繁昌《はんじょう》して、今では、ちえ遅れの青年十人をせわするようになった。

それ以上、まだまだ預かれるのだが、村長の意見で、その程度に押えているという。

どうしてかときいてみたら

「何事も、図に乗ってはいけませんな」と答えた。

茗荷《みょうが》村をつくるに当たって、過疎化で廃村になっていたこの土地を手に入れることについても、背後の広大な山林を安く買い入れることについても、この木村さんの力は大きかった。

この地方の徳望家であり、商売柄、山のことにくわしいことが大いに物を言ったようである。

今は、この村の「世話役」の一人である。

「木村さんも、やきものが好きでな、お休みには、一しょに、ろくろをまわしたり、ひねったりしていますわ」

村長さんは、照れくさそうな顔をした。

「けど、われわれのは、茗荷焼《みょうが》の中でも下の下で、やっぱり子どもには勝てませんな、そんなら、これから、焼物屋へ行きましょ」

「吉よ、焼物屋じゃ」

音の声に、吉は、ちんから、ちんからと馬鈴を鳴らしながら、かっぱかっぱと右の方に曲がりはじめた。

第二章　焼物屋

ここは、この村の産業地区の西の端、つまり地図の西一丁目の曲がり角近くの山麓《さんろく》にある。そこを大きく切り開いて、建物が建っているわけだが、これは又、何という建物であろう。

「この建物はねえ」

村長さんは、私の顔つきをみてこちらの心の中を読んだらしい。

「この母屋の方は、もともとこの村にあった農家をそのまま、というても、中はだいぶ改造してありますけどな、この仕事場の方は手製ですわ」

「手製?・」

「この、やきものの先生、江木さんちゅう人も変わった人でしてな。奥さんも、やきものをやるんですがな、仕事場だけは、自分で作るといいましてな」

江木さんも、茗荷村《みょうが》が出来るときに、殆《ほと》んど同時に入村した人である。

江木さんは、やきものの勉強をしている頃、ある精薄施設へ見学に行き、子どもたちの作品に魅《み》せられて、しばしば通う中《うち》、そこで子どもたちにやきものを教えていた現在の奥さんと結ばれた。土がとりもつ縁というのであろう。

そういう夫婦なので、村長さんから、茗荷村《みょうが》構想をきいた時は、一も二もなく賛成して、とび込んで来たわけである。

「古い農家の、真黒にすすけた柱や板や竹を、これは面白い、これは面白いというて、夫婦で、蛾が芋虫をひっぱってくるようなかっこうでな。それが又、楽しゅうてたまらんのですな」

話している村長さんの方が、よっぽど、楽しそうである。

すすけた柱に、屋根裏のすすけ竹を磨《みが》いた格子《こうし》、木目の浮き出した腰板、泥壁、そのところどころにはめこまれている丸いガラスや、四角い油紙障子、それに、ぽつぽつぽつと横一列にはめこまれた数個のガラスブロックなど、この建物は、これで一つの作品である。瓦もちゃんと葺《ふ》かれていた。

「お客さんよー。その村長さんに、しゃべらせといたら、日が暮れるぞー」

駆者台《ぎょしゃ》から、音がわめいた。

「ほいほい、その通り、その通り」

村長さんは、背を丸めて、忍び足で、仕事場に近づいて、戸を開けた。

「ごめーん」

「はーい」

若い女の声だ。奥さんだなと思った。

「お客さん、田村先生や」

「え？　田村先生。まあ、まあ」

髪短く切って、真黒のセーターに、青いスラックスをはいた、ぴちぴちとした奥さんだ。前かけで手を拭《ふ》きながら出て来た。

奥さんは、私の名だけは知ってくれているようであった。

「江木の家内でございます。さあ、どうぞ、どうぞ」

奥さんは、われわれ二人を母屋の方に案内しようとした。

「いやいや、今日はな、これから、ずっと廻らんならんのでな、ゆっくりしてはおれん。仕事場だけみせてもらいまっさ」

「そうですか、おいしいお茶があるんだけどな。それじゃ、又、こんど、ゆっくり来て頂きましょうね。どうぞ」

奥さんは、あっさりと、仕事場へわれわれを案内した。

「これは?」

村長さんは親指を立ててみせた。

「裏で、登窯《がま》つくりに夢中」

「いつ頃出来るんやったかなあ」

「さあ、来月中には、出来るかもしれませんね。呼んで来ましょうか」

「いや、ええよ、ええよ。どうせ、後で、そっちへも行ってみるでな」

仕事場の中は、外から見て想像していたより段違いに明るかった。反対側の窓もたっぷりととってあったし、何よりも大きな天窓の光が、仕事場全体を、やわらかく、大きく包んでいた。

その天窓のま下の大きな机のまわりに、五人の、それは、はっきりと重度のちえおくれとわかる男の子が粘土細工をしていた。ちょっとみると、子どものように見えるが、よく見ると、それはみな大人になっているであろうと思われた。

一々大人だとか子どもだとか、書くのは面倒なので、以下、子どもたちと書くことにする。ここでは、世間のように年齢を気にすることは余りないのである。

その子どもたちが、粘土を叩《たた》いたり、ちぎったり、のばしたり、積み上げたりしている。どの顔も、まことにもって楽しそうである。

中には喜びに耐えかねて、奇声を発している者もいる。

こんなに嬉しそうに仕事をしている工場が日本のどこにあるだろうか。

後で、ここのやきものの先生の江木先生にきいたことだが、これは、仕事であって同時に遊びである。どうして仕事が遊びになるのか。それは彼らが、人並みの知恵を貰《もら》って生まれて来なかったおかげである。

いっちょう、うまいこと作ってほめてもらおうという気もなく、粘土の感触に陶酔し、無垢《むく》の心象《しんしょう》を粘土に托《たく》して、自在にひねり、無心につぶやき、笑い、遊ぶ。

これは、まさに、人土一体の三昧境《さんまい》というか、遊戯《ゆげ》の世界とでもいうべきものであろう。後で、棚の上の、この子らの作品に接した時、ほっとした安堵《あんど》のような気持を覚えたのは、遊戯《ゆげ》を通して現出した、太古の大らかさに、触れ得たせいかもしれない。

人間の底にある素朴な大らかさ、のびやかさ、あるいは、いいようのない淋《さび》しさ、ほのぼのとした笑い、ぞっとするような無気味さ、そういったものをひっくるめた「底流」の「流露」がそこにある。

既に俗智や小りこうさで、流露のパイプをつめてしまった現代のわれわれも、この子らの作品をみた時、はっとするのは生まれ出ずる前の「底流感覚」をよみがえらされるせいかもしれない。

ともあれ、この子どもたちは、底流も流露も、一切与《あずか》り知らぬところで、喜びの声を立て、つぶやき、手を拍《たた》いて、粘土と遊ぶ。

この子らは普通人に劣っているというけれども、一体何が劣っているというのであろうか。知恵はたしかに劣っている。しかも知恵が劣っているままに、そこには、一個の人間としての充足、充実があると、私は、この子らの作品を見て思う。

もう、そろそろ精神薄弱ということばは返上すべきであろう。

「この子らの作品は、年一回、東京で即売展をやりますがな、なかなか、よう、売れますな。

よう売れることも、ありがたいけど、それよりも、そこには精薄はおらん、精薄の作品やからどうのこうのというのではのうて、一個の人間の誰の作として、充分観るにたえるという批評をきくようになりました。この『精薄』が消えていくこと、これがありがたいですなあ。それが重度といわれている子たちの作品です。重度が重度として、充実した一つの世界を持っているということ、これが、だんだん世間の人に、わかってもろうて来たことが、ほんまに、ありがたいことですわ」

村長さんは、汗ばんだ顔を、禿頭《はげあたま》からつるりと撫《な》でおろした。

まことに、村長さんのいう通りだ。

仕事場の裏に出ると、そこは、広く切り開いた山の斜面である。

そこに、江木先生は五人の子どもたちと一しょに地ならしをしていた。登窯のものであろう。

村長さんに紹介して貰《もら》った江木先生は、小柄だったが、がっしりしていて、ドンゴロスの布に穴を開けてかぶる、メキシコのポンチョのようなものを着て、素足に草履《ぞうり》ばき、まくりあげた腕は逞《たくま》しく、顔はひげだらけ、その中から、真白い歯と、澄んだ眼が笑っていた。

「登窯ですか」

「ええ、電気窯はあるんですが、子どもたちが、いろいろ変わった作品をつくるので、それに合わせて、電気窯で焼いてやるもの、登窯でやいてやった方がいいものがあると思うのです。時には、昔、埴輪《はにわ》を焼いたような土に穴を掘って焼く焼き方に合う作品も出てくると思います。まあ、ここは、松の木も豊富にありますから、登窯をつくっても、その点は恵まれています」

「どれぐらいの大きさですか」

「そうですね、余り大きなものもいりませんので、一応、火袋、一の間、二の間、三の間、それに捨て間と、これぐらいのものをつくろうと思っています」

傾斜地は、二〇度ぐらいの角度にならされ、一の間、二の間と、段づくりがはじまっていた。村長さんが、あたりを見廻した。

「杉本君は、どうした」

「ええ、町へ使いに出ています。もう帰ってくるでしょう」

「杉本君というのは、子どもですか」

「いいえ、助手です」

「助手は今は杉本君一人ですがな、多い時は二、三人来ることもありましてな」

村長さんの話によると、殆ど、切れ目のないくらいに、実習の青年がやって来て、一年から二、三年勉強して、又他の施設のやきもの指導の助手に出ていくそうだ。

「後継者の養成ちゅうことは大事なことでしてな、この村が力を入れていることの一つです。後で又、研究所もみて貰《もら》いますし、お話もさせてもらいます」

村長さんは、大きな懐中時計を帯の間から出してみた。

「ほいほい、又、音に叱られるわい。お邪魔さん」

江木夫妻に礼をいって、前に出ると、馬車が、ちゃんと向きを変えて待っていた。

われわれの顔をみると、音が口をとんがらせた。

「おい、村長さんよ、何時じゃと思うとるんじゃ」

「すまんすまん。音の腹時計には、わがウオルサムも勝てんわい」

われわれが、馬車にのり込むと同時に、吉はかっぱかっぱと動き出した。

「ほれみい、吉の腹時計も、村長さんの、その何とかいう時計よりは、たしかじゃわい」

「ほんま、ほんま」

村長さんは声を立てて笑った。

「吉、ぼけ屋じゃ」

音が大声でどなった。吉が大きく鼻をならした。

「ああ、さっき、ちょっと話した居酒屋ですわい。独身もの、その他、時間の間がわるうて食いはぐれなどが、御飯をたべに来るとこですわ。まあ、そこで御辛抱願うて、おひるを差し上げます」

私の腹の虫がくうとないた。

第二章　ぼけ屋

中央通り（この村の中央を南北に通っている一番広い通り）の西一丁目の角を左に曲がると、すぐ右手に、その居酒屋はあった。

時代劇映画に出てくる居酒屋に、余りにもそっくりで、この村の住人たちの稚気に、私は感服した。

「どうです、映画そっくりでっしゃろ」

村長さんは、私の顔をのぞきこんで、にやりとした。

「全く、こりゃ、ちょん髷《まげ》でも結《ゆ》って、道中合羽《がっぱ》でもひっかけてこないと、うつりませんなあ」

「ほんまほんま」村長さんは立ち上がって音の肩をたたいた。

「馬車置いたら来いよ」

「よっしゃっ」

音は、ひるめしにありつけるので、威勢がよかった。

縄のれんを頭で分けて、中にはいった。

食事をしている五、六人の、作業服やジャンパーを着物にかえて、ちょんまげをぽんぽんとのせれば、これは、正に時代劇映画のセットである。

その人たちの目礼を受けて、村長さんと私は一番奥の卓についた。

大きな農家を改造したらしく、三十人はゆっくりと腰かけられる程の広さの土間に、これは又すばらしい、厚さは十センチもあろうか、幅八十センチ、長さ二メートル位の一枚板のテーブルに、長椅子。ところどころに、空樽もちゃんと置いてあった。

調理場との仕切りの、竹格子の向こうから、出て来たおやじさんが、ちゃんちゃんこを着て、もんぺをはいているのには笑えて来た。

「村長さん、二人前かな」

「いや、もうじき、音も来るで、三人前じゃ」

「あいよ」

音がはいって来た。入口の横の洗面所でじゃぶじゃぶと手を洗い出した。

「音よ、ごくろう。こっちへこいや」

「村長さんの前でくうと、まずいでのう」

「そうか、わしも、お前に飯つぶとばされんでよいのう」

「くそじじい」

音は、にやりと笑ってみせて、すぐそばのジャンパーの男の前に腰をかけて話し出した。

「夜は、ちょっと、一品料理があるんですがな、昼は、定食だけ」

そこへ、村役場にいたきくちゃんと同じような、紺絣の筒袖にもんぺをはいた女の子が、がっしりしたお盆の上に、定食をのせて来た。

「へえ、おまっとうさん」

「おう、早いのう、ありがとう」

「村長さん、お客さんやな、どこから来はったんや」

「うん、△△じゃ、知っとるか、よっちゃん」

「知らん」

よっちゃんが、御馳走をわれわれの前にならべる間、私は、先ずそのお盆のすばらしさに見とれた。

これは、ろくろで、ざんぐりとひいた白木地のままを、使いこみ、拭きこんだものだ。この黒光りする底深い艶はどうだ。そして、一見何の奇もない、大らかな、素直な、物をのせて運ぶだけに徹したこの形のよさ。

「この盆も、この村の作品ですわ、ごはんの後で、木地屋を見に行きましょう」

盆が、よっちゃんの胸に抱きしめられた。

「ごゆっくり」

ぺこんと頭をさげて、よっちゃんはいってしまった。紅いたすきがきれいだった。

今日の定食は、鱒《ます》の塩焼き、筍《たけのこ》と焼豆腐の煮付け、土筆《つくし》のひたし、わかめの味噌汁、それに麦御飯、古たくあんと、ふきのとう、さんしょの実、わらび、ぜんまいのつくだ煮は、それぞれ鉢に入れてあって、とり放題。みそ汁と御飯はお代りがきく。

「この中で、外から買うた材料は、わかめと豆腐だけですな。あとは大体、この村で育ったもの、つくったもんですわ」

「味噌もですか」

「はい、醬油も種子油も、米も麦も。まあ、海産物、塩、砂糖、牛肉、豚肉などは、だめですがなあ。けど豆腐もそのうち、つくります。あの、おからがうまいんでなあ。肉類は、鱒《ます》、鯉、雞肉ぐらいで、まあよろしいわい」

素朴で、ふるさとの味とか、おふくろの味とかいう、そういうものを連想させた。土筆のひたしは、子どもの時分を思い出してなつかしかった。

こんなに、自家製のもの、自然のものがたべられるなど、現代に於ける、最高のぜいたくだ。

おまけに、その器類は全部、茗荷《みょうが》焼、箸《はし》もこの村の竹屋でつくっている。まだ青竹の青さの残ったものを使うにおいておやである。

食後、たっぷりとした、厚手の湯呑みにはいった番茶を、両手にはさんで、そのぬくみを楽しみながら、味わっていると、ふと、朝からきいてみたくて、まだきいていないことを、きいてみようと思った。腹がふくれて、ゆったりした気持になったせいだろう。

「村長さん」

「はい」

「この居酒屋は、ぼけ屋ですな」

「そうです」

私は声をひそめてきいているのに、村長さんの声は、何のおかまいもなく大きかった。

「村の入口の門のそばにも、ぼけの花が咲いていたし、役場のまわりにも咲いてましたな」

「咲いてますな」村長さんは平気であった。「窯場の前にもそして、このぼけ屋の前にも咲いてますな」

「どうして、ぼけの花ばかり植えてあるんですか」

「ああ、あれは、この村の村花ですわ」

「ぼけの花が村花？　どうしてですか」

私は更に声をひそめた。

「そら、この村のもんは、みな、ぼけばっかりですわ」

村長さんの声は大きかった。

私は、はらはらしてあたりをみまわした。が、みんな知らん顔をしていた。

「この村に住むもんは、みな、ぼけ助やで、この花を村花にしたんですわ。あんたも、腹の中では、そう思うとったでしょうが、それを、遠慮して、小さい声出して、はっはっはっはっ」

御飯をたべていた連中が、皆、笑いながら私を見た。

私は赤くなった。そして、何故か、がっかりした。

余りにも、みんなは、屈托《くったく》がなさ過ぎた。

「おーい、あほうよといえば、おーい、何じゃいと、何のこだわりもなく、呼び合える世界が、早う来てほしいもんですなあ」

村長さんは、ちょっと、しんみりした口調《くちょう》でいうと、音の方をむいた。

「音よ、そろそろいくぞ」

「おいやー」

満腹した音は、きげんよく立ち上がった。

「よっちゃんよー、こんどは筍《たけのこ》をもっと、やおう、煮とけやー」

音が、調理場の方へどなると、よっちゃんが、竹格子の横から顔を出した。

「音の馬面《づら》ぁー」

といって、ペロリと舌を出してみせた。

音は上きげんで、

「はゝゝゝゝ」

と笑いながら、ねじり鉢巻をきりりとしめて外へとび出した。縄のれんが、大きく左右に揺《ゆ》れた。

「今馬車を廻して来よりますで、まだ坐っとって下さい。食事はお気に召したようですな」

「はい、残っているのは」皿だけといいかけて村長さんのをみると、何と、鱒《ます》の頭も骨もないのである。私のには頭も骨も残っていた。私は頭を掻《か》いて苦笑《にがわら》いをした。

そのとき、ちんからかっぱが近づいて来て、ぼけ屋の前でとまった。

「よーしきた」

村長さんは立ち上がった。

「おやじさん、ごちそうさん」

おやじさんと、よっちゃんが調理室の奥から大きな声で「おーきに」といった。

村長さんは、土間の連中にちょっと手を振って外へ出た。

「あの、食事代を」

「あんたのは役場の接待費、私と音はつけです」

「村長さんよ、今度は竹屋か」

「そうじゃな、そうしょう」

「吉よ、竹屋じゃと」

「音よ、この馬はもうお前はいらんじゃろ、わしがいうても動くじゃろが」

「そうはいかんわい、やっぱり、わしが言わな動かんて。村長さんがなんぼ、竹屋じゃ焼物屋じゃいうても、吉は動かんぞ」

「そうか、やっぱり、お前でないとあかんか」

「そらそうじゃ、何せ、吉は、おれの名前を半分やったんやからのう」

「そうじゃのう」

音は長い顔をぐっと長くして、胸を張って口笛を吹いた。

吉は少し歩度を速めはじめた。よく見ると、吉は音の口笛に足を合わせているようである。思いなしか、吉は少し笑っているようである。私はあきれて眼をこすってみたが、やっぱり少し笑っているように見える。

馬が人間の口笛に足を合わせて、笑いながら歩いている。村長さんは気持よさそうに、目を閉じて、ゆらゆらとゆられている。

私はいろんなことを考えるのが、ばからしくなって来た。

家と家の間に、黄色い菜の花が見え、家のまわりに、ぼけの花が咲き、道のふちに土筆《つくし》がつづき、空にひばりが囀《さえず》っている。

第四章　竹　屋

突然、馬車が止まった。音が何にもいわぬのに吉がとまったのである。

「村長さんよ、竹屋じゃ。おい、ねぼけじじい」

「おう、きたか」

音よりも、村長よりも、馬の吉の方がよっぽど気をつかっている。

なるほど、これも藁葺《わらぶ》きの農家で、通りに面したところが、板の間で、そこに老人が一人と男の子が一人、竹籠《かご》をあんでいた。その横で青年が一人と別の男の子が二人箸を削《けず》ってい
た。

軒先に、出来上がった手提げの竹籠が二十ほどぶらさげてあった。見ただけでも、かっちりと編まれていることがわかった。

「ごめんよ」

紺ののれんを分けて土間にはいった。

まっ先に、三人の子らが、

「村長さん、いらっしゃい」と大きな声でいった。

「ああ、ようきばっとるな、えらいぞ」

奥から、老人の奥さんであろう。小柄な老婆が前だれで手を拭《ふ》きながら出て来た。

「まあまあ、村長さん、ようこそようこそ。さあ、どうぞどうぞ」

口はよく廻《まわ》る方らしい。奥から座ぶとんを二枚持って来て、板の間の、あがり口に置いた。

「さあ、どうぞどうぞ、あてとくれやす。さあさあ、村長さんも、いつもお元気で、まあまあ、けっこうどすなあ」

京都の生まれらしい。

爺さんが重そうな口を開いた。

「お茶」

「はいはい」

婆さんが奥にはいると、村長さんは、やれやれという顔付きをした。ふだんからこりているらしい。

「安さん、その子だいぶ、手つきがようなって来たやないか」

「ええ、まあ」

口で返事はしているが、目は、子どもの手もとから離れない。

「良吉君よ、そっちも、だいぶ、しっかりして来たなあ」

「いやー、私自身が、まだ新米で、おやじさんに、しょっ中、たこつられてます。教えるというより、この子らと一しょに、習うてますね。ひょっとすると、この子らの方が、私より、うまいぐらいですわ。のう」

二人の男の子は、恥ずかしそうに、でも嬉しそうにこっくりした。

その時、外から音が大声を出して来た。

「村長さんよー。わし、ちょっと、ガラス屋へいってくるでなあ、後から歩いて来てくれんかい」

「よーし、わかった、先にいっとれ」

村長さんも、まけぬぐらいの大声で答えた。

ちんから、かっぱが遠ざかっていった。

お茶を持って来た婆さんが、又、何かしゃべりたそうにした時、爺さんが一言、

「奥へいっとれ」というと「はいはい」と素直に、はいってしまった。

村長さんは茶碗をとりあげた。

「けど、箸の注文は多かろう」

「ええ、もう、なんぼ削《けず》っても、追いつきませんな」

良吉青年は明るく笑った。

「寮の方から、もう、一人二人廻して貰《もら》うか」

「ええ、一ぺん、研究所の先生にきいてみて、竹に合う子がいたら、もう二人ほどほしいですなあ、何とか、やれるやろと思います」

「うん、けっこうやなあ。君も、やっと落ち着いたなあ。爺さんよ、もう安心じゃのう」

「ええまあ」

爺さんは、ちょっと肯《うなず》いただけで、籠《かご》を編む手は休めなかった。

竹屋こと安爺さんの一家のことについては、村長さんも、そうくわしくは、話してくれなかった。どうやら、息子の良吉君が、長い間家出をしていたこと、その辺のいきさつが、いろいろとあるせいであろう。

五年程前に、製材所の木村さんの世話で、この老夫婦が入村し、はじめは一人の子どもを預かって、ぼつぼつと竹籠編みを教えはじめた。

さっき、爺さんと一しょに竹籠を編んでいた子がそれで、経歴は古いのだが、能力は低い方で、いまだに、爺さんの目がないと、間違えたりする。しかし、爺さんには、一番はじめに預かった弟子ではあり、能力が低ければ低いだけに、またかわいいらしいのである。

息子のいない安爺さん夫婦は、この子を孫のようにして、夜も一しょに寝て世話をした。

幸い、爺さんの作る竹籠、竹箸は、村の事業部の方で、年一回開く、展示即売会に出して貰ったところが好評で、その後、注文が直接くるようになったので、爺さん夫婦と弟子一人とは何とか食べられるようになった。

それから何年かの後、家出していた息子の良吉が、ひょっこりとやって来て、父親の生活、茗荷《みょうが》村の生き方について、興味を覚えたらしく、自分もここで働きたいといい出し、村長さんの許可を得て、何年か振りで、両親と一しょに暮らすようになったのである。

父親はもともと無口な方で、息子が帰って来ても、特別嬉しそうな顔もせず、しゃべりもしなかったが、内心はやっぱり嬉しいらしく、仕事の仕振りに張りが出て来た。母親はもう、全身で喜びを表現する方で、息子が帰って来てからは、そのおしゃべりが一段と輪をかけて、にぎやかになって来た。

良吉が帰ってから生産高も上がって来たし、最近は、こういう手づくりのものが歓迎されるらしく、注文も増えて来るので、研究所の方に依頼して、更に二人廻して貰《もら》った。それが、今、一しょに仕事をしている二人の子どもである。

良吉は四、五人ほしいといったのだが、安爺さんがきかなかった。

こういう子どもさんと一しょに暮らして、食べていかんならんのやから、手堅う、着実にいかないかんというのである。良吉も納得して、今までやって来たが、どうにか、食べられるという見通しがついたので、もう二人増やしてもよかろうという意見を持ちはじめたし、安爺さんも、同意見らしく反対はしていないということである。

婆さんのにぎやかな声に送られて竹屋を出た。

「あの子ら三人共、住込みで、家族同様、かわいがられてます。あと二人来ても、あそこの間取りやったら、まあ、何とかいくじゃろ」

村長さんは、後の方はひとりごとのようにいって頭を振った。もちろん嬉しそうな顔である。

第五章　木地屋

竹屋を出て、右横に曲がると、西二丁目の通りで、先ず「木地屋」である。

ここは、ろくろで、木の盆や、茶托、椀など、主として、実用品をひいていた。

さっき、居酒屋のぼけ屋でみた盆もここの作品である。そういえば、村長さんの部屋のあの囲炉裏《いろり》の横にあった盆もそうらしい。とにかく、素朴で、よけいな神経が使ってない、どっしりとしたもので、はじめから、盆として、そこにあったという感じのものである。

仕事場にはいると、何の木か、いい香りがたちこめていた。削り屑の中にロクロが一台廻っていて、髪をぼさぼさにした丸顔の三十五、六歳の男が、その上にかがみこむようにしていた。

ここの主人の御木本君である。奥さんと、小学六年になる女の子が一人いる。

まだ入村して一年半ぐらい。やっと、三人が食べられるめどが立ったところで、まだ一人も弟子は預かっていない。

「ここは、はっきりと」村長さんは私の顔をみた。「預かって、食べていけるという見込みが立たん限りは、預かってもらわんようにしています。無理したらあかんのです」

御木本君は機械をとめて、頭を掻いた。

「なんせ、甲斐性なしで」とちょっと恥ずかしそうにいったが、その顔をすぐ上げて村長さんを見た。

「けど、なんぼ、慎重にかまえるとしても、来年は大丈夫でっせ」

「一人ぐらいはいけるか」

「いや、二、三人は」

「あかんな。君はすぐあせりよる。まあ、はじめは一人、それをみっちりと、育ててみて、そしたら、君も、この子らの教え方を、その子から教わるわな」

「はあ」

「君らはな、すぐえらそうに、教えたると思うやろ、けどな、ほんまは、その間に、教え方を教えてもらうのやで。その期間を考えとかなあかんがな」

「なるほど」

御木本君は、まじめな顔で肯《うなず》いた。

「この間の展覧会、まあ売れたなあ」

「はあ、ほんまに、こない売れて、よいんかいなあと、身がちぢまる思いでしたわ」

御木本君は煙草に火をつけた。

私は、さっきから、ねらっている盆を一つ買いたいといった。

「いや、あきまへん」村長さんが手を横に振った。「ここでは売れまへんのや」

「この村の作品は、後で、ご案内しますけど、売店に全部集めてありますさかい、そこで買うて下さい。何しろ、この村の職人さんたちは、みな気があかんのでな、直接きくとな、よう高い値をつけんのです。この人なんか、お金なんかと恥ずかしそうにいうて、ただで、あげてしまうんですがな。食えん筈や、はゝゝゝ」

村長さんは、面白そうに笑った。

「ほんまに、あの、やきもん屋の江木君でも、竹屋の爺さんでも、この御木本君でも、すぐ人にやってしまいよるんで、どもならん。それで、作品は一応、事業部へ集めて、展示会に出すなり、注文先に届けるなり、村の売店で売るなりして、その売り上げの一％を村が貰《もろ》うて、あとはそれぞれ作者が貰《もろ》うて、それで、食うていく、弟子も養うていく、勿論、ガス、電気、水道代、家賃、みな貰《もら》いまっせ、世間とちっとも違わしません。ただ、家賃が、ちょっと安いぐらいやな。とにかく甘いことはないのです。うかうかしていたら、餓え死にや。足の裏に餓死がひっついとらんと、人間はあかんようになりまっさかいなあ」

村長さんが、珍しく、調子を高めて、しゃべっている途中で、奥から、やせ方のおとなしそうな奥さんがお茶をもって来た。

奥の仕事場で塗料を塗っていたらしく、奥さんがそばにくると、ニスのようなにおいがした。

余り、村長さんが、調子をあげているので、黙って、目顔で挨拶をして、お茶をおくと、にっこりと頭を下げて、奥へ引き返した。

その後姿へ、やっと一息ついた村長さんが、大きな声を出した。

「奥さん、すまん、すまん。忙しいのになあ、大きに、ごっつおうさん」

振り返った奥さんは、ちょっと、しなをつくって腰をかがめて、にっこりした。

「あんまり、みい入れて、しゃべっといやしたさかい、じゃましたらいかんおもうて、しつれいやおもたけど、だまってたんどっせ。ほゝゝ」

と口に手の甲を当てて笑った。これは、又、きれいな京都弁であった。

「村長さんは、しゃべりはじめはったら、わてらみたいなもんは、おめめに、はいらしまへんどすわなあ」

「そらまあ、こんな、開いてるのや、開いてえへんのやわからんような、目やさかいなあ、なんぼ、おとせはんが、スマートでも、むりやなあ」

木地屋を出て、右に行くと、木工場である。家と家の間には、どこも、家庭菜園があって、ねぎだとか、なっぱだとか、中にはいちごだとか、めいめいに、好きなものをつくっていた。

木地屋と木工場との間から見て、はじめて知ったのだが、その裏に、大きな貯木池があった。ちょうど、製材所の裏になっていたので、今まで気がつかなかった。

中通りの東を流れている川から水をひいているのだろうが、大きな丸太が、ぎっしりといっていい程浮いていた。
勿論、周囲には、危険防止の柵がめぐらされていた。

第六章　木工場

木地屋のならび、中通りへ出る少し手前に木工場があった。

こゝは、製材所と同じく、弟子たちは全員が通勤である。ただ主任の松谷君夫婦だけが、作業場の横に建てられた三間程の平家建ての家に住んでいた。

二人とも北陸の出身で、夫婦同志でしゃべっている時には、まるで外国人がしゃべっているようで、私にはよくわからなかった。

私に向かっての時は、二人とも、気をつけてくれるので、大体わかった。

主人の松谷君は、がっしりした体で、どちらかというと無口な方だが、いつもにこにこしていた。奥さんの方は、天衣無縫《てんいむほう》というか、あけっぱなしで、大声で冗談《じょうだん》をとばし、血色のいい顔に大口をあけてカラカラと笑った。

作業場は鉄骨スレート葺《ぶ》きの、一二〇平方メートルぐらいの可なりなもので、機械鋸《のこ》も、鉋《かんな》も、溝切りも、ドリルも大体揃《そろ》っていた。

「これも、はじめは、何にもなかったす。作業場だけ役場で借金して建てましてな、丸一年、このガランとした中で、一人で、こつこつやってた時はつらかったすなあ」

「おまんま食えねで、何べんか、逃げ出そうかと思ったがや、そのたんびに、村長さんに励まされてなあ、金もだいぶ貸してもろたす」

夫婦の話を、村長さんは横で、目を細くして肯《うなず》いていた。親が子どもたちの苦労話をきいているといった風情《ふぜい》であった。

とにかく、村長さんに助けられて、こつこつと手づくりの家具をつくりはじめたわけだが、その民芸調ともいえる、がっしりとした重厚なつくりが受けて、だんだんと売れはじめ、三年目には、一人では追っつかなくなったので、はじめて、研究所に相談して、木工の好きな男の子を一人預からして貰った。

宿舎がないので、寮からの通勤であったが、子どものない松谷君夫婦は、この子を親身になって可愛いがった。

金がたまると、一つずつ機械を入れた。しかし、重厚な手づくりの感じは失われないようにした。特に目に見えないところ、そういう部分をベニヤ板で糊着けにするようなことは絶対にしなかった。

茗荷《みょうが》村の家具は、ごまかしがない、手が抜いてない、合板を使わない、その信用が身上であった。

そこへ幸いなことに、いい相棒が来た。塗師の肥田君である。これは京都生まれ、松谷君より三つ四つ年下で、京都の美大中退の絵かきくずれ、やきもの屋の江木君の紹介で入村して来た。

色の白い痩《や》せた男で、皮肉なことに肥田という姓をひだと読まないで、こえたと読むのだそ

うで、後で会った時も、

「いっそ瘦田と改名しようかとおもてますね」と、苦笑いしていた。

この肥田君が、体つきに似あわない重厚な調子を出すことがうまく、松谷君の作品にぴったりとマッチした。

肥田君は独身で、今も独身寮から通っている。

塗装に埃は禁物なので、村長が無理をして、もちろん肥田君の借金だが、金をかりて、木工場のすぐ横へ、大体同じぐらいの広さの鉄骨スレートの塗装場を建てた。

松谷君も肥田君も現在借金持ちであるが、それがかえってはげみになっているようで、二人共張り切っていた。

入村して、ちょうど五年目の松谷君は、今五人の弟子を預かり、肥田君は入村四年目で、二人預かっている。

松谷君がいっていたが、茗荷《みょうが》村のいいところは、三十町歩にわたる山林があることと、製材所の木村さんが、その方面の顔利きで、いい木が安く手にはいること、そして、製品は売り急ぎしなくても、村の事業部の方で、ちゃんと預かってくれて、いい買手なり、販路がみつかるまで待てること、一応の金は事業部の方で立て替えてくれるから生活には困らない。

とにかく、質素な生活ではあるが、仕事にぶちこめる、いい仕事さえしていれば、何とか食えるということは、職人として、ここは「極楽」であるという。

これは、やきもの屋の江木君も、竹屋の安爺さんも、木地屋の御木本君も、塗師の肥田君も、織物屋も、ガラス屋も、みなそういっている。

「木と、弱い人と、職人さんが大事にされん国は、かさかさした、うるおいのない国になる」というのは、村長さんの口癖《くちぐせ》だそうである。

第七章 織物屋

木工場を出ると、西二丁目の通りをへだてて北側に織物屋がある。この辺は、少し山に近づいて来る故《せい》か、地形が、平面ではなく、一帯になだらかな傾斜地になっている。

織物屋は、すぐ北のゆるい高みの上に、ここでは珍しい二階建ての大きな藁屋根の建て物であった。

「これは、昔の庄屋さんかなんかの家であったようで、これ一軒だけが二階建てで、しかも場所が、村のほぼ中央、この二階から見ると、村全体が見晴らせます。ぐるりに、木立がびっしりとありましたけどな、余り陰気なのと、家のためにもようないので、だいぶ間引きました」

村長さんは、ゆっくりと坂を上がりながら説明してくれた。

近づくにつれて、二階から、トントン、カタンカタンと機織りの音が、軽やかにきこえて来た。

表の構えは大体村役場と同じ。入口の障子戸には、村長さんの例のかすれたような字で「おりもの屋」と、書いてあった。

中にはいった土間のすぐ右の牛小屋のところが倉庫、その続きは、ここの二人の女の先生の部屋。突き当たりの格子戸の向こうが、炊事場兼食堂。

ここは、全員女子で、二人の女の先生と女弟子が十人、この家に住み込みで、炊事も、風呂たきも、掃除も、洗濯も野菜つくりも、みな自分たちの手でやっている。

土間にはいったとたん、左手の板の間の作業場にいた女の子の一人が大声を出した。

「あ、村長さん」

残りの二人の女の子がこっちをむいて、嬉しそうに、

「いらっしゃーい」といった。

「あいよ　あいよ」

村長さんはうれしそうに手を挙げて肯《うなず》いた。

「お客さんつれて来たぞ」

「お客さん、いらっしゃーい」

「今日は」私も笑顔で村長さんのまねをして手を挙げた。

そこには、小柄で、頭髪を長く伸ばして編んだのをきりきりと頭に巻きつけた三十歳ぐらいの女の先生がいた。これが田中先生であった。

三人の女の子は何れ《いず》も、結び織りをしていた。二人は、ぼろぎれを裂いたひもを使い、一人は毛糸を使っていた。何れ《いず》も、マットのようなものを織っていた。

その横に、堆《うずたか》い羊毛や、ガンジーの使っていたのに似た糸車や、糸を巻いた枠などが積まれていた。

「ごくろうさん。今日は、すみちゃんと、きよちゃんはどうしたな」

「ええ、二人は今日は炊事当番で、夕食の用意に、購売部へ卵を買いに行きました」

「へえ、何のごちそうやな」

「さあ、ひみつひみつと二人で笑って出かけましたので、何をたべさせられますやら」

「はゝゝ、あぶないな。みんな元気かな」

「はい、もう、みんな、はち切れそうです」

「けっこうやなあ、上がらしてもらおう」

「どうぞ、どうぞ」

田中先生に、スリッパを出してもらった。手製の美しい刺しゅうがしてあった。

「ここで、羊毛をほぐして、紡《つむ》いで、染めます。染場は裏にありますがな、殆ど天然の草や木の汁で染めますのや。それを、こうやって、結び織りにしたり、二階でやっているような機織りにしたりします。木綿もやってまっせ」

村長さんの説明をききながら、二階へ上がった。欅《けやき》の板らしかったが、よく拭き込んだつるつるの階段であった。この板だけでも今時大したものだ。

二階は、四間をぶち抜いた板敷で、そこに大小六台の機がならび、そのうち五台にそれぞれ女の子が上がって、トントン、カタンカタンと織っていた。

中程の台の子どもに何か指示していた、でっぷりと肥った女の先生がおかっぱ頭をふり向けた。

「あーら、村長さん」

といって、後にいる私を見ると、更に目を大きく見開いた。

「あらッ、先生ッ」

「よー、檜原さん」

「いやー、なつかしいわー、先生に会えるやなんて」

この人はきっすいの関西弁である。

昔、やはり、施設でちえおくれの子どもたちに、織りものを教えていた人で、その後、そこをやめて、又織りものの勉強に出ていたが、何年か前に、茗荷村《みょうが》にはいったということをきいていたのである。

もう四十歳近い年だと思うが、昔とちっとも変わっていない。三十歳そこそこにしか見えない。結婚しないで自分の好きなことに打ち込んでいられるせいかもしれない。彼女は僕の頭が真白になったといって驚いていた。

現在つくっているものは、ホームスパンの部屋着、服地、マフラー、ベットカバー、それに木綿のテーブルセンター、テーブルカバー。絹糸も近頃は使って、帯や、帯じめなどをつくりはじめているそうだ。

展示会では、部屋着や、ベットカバーなど大物も売れるが、ふだんの注文は、テーブルセンターとか、帯じめのような小物が多い。

柄に苦心をする。こちらが考えた柄をこの子たちに織らせるのは簡単だが、それをしたくない。この子どもたちの中にある動きが、どういう柄となって、流れ出してくるか、それを、どういうぐあいに、糸や織りにのせてくるか、それがこれからの課題だと檜原さんは、挨拶を終るとすぐ熱を入れて語りかけて来た。この熱っぽさも、また彼女の若さを保たせている一つの要素であろう。

この二階から眺《なが》めた景色は美しかった。

北も南も吹き通しで、冬はあたたかく、夏は涼しい間取りだ。北は右よりに広々とした畑、その北に果樹園、左よりに、農産加工場、その向こうに、畜産場、そして、その向こうは、ずっと深い山。

東は川をへだてて、山麓《さんろく》の斜面に点々と住宅が建ち、その南の方に、この村には珍しい、二階建ての洋館が何棟か木立の間に見える。

南をみると、今まで、われわれが廻って来たところと左より、つまり、中通りをはさんで、この村のいわゆる繁華街がある。劇場、居酒屋、宿屋、喫茶店、理髪店、売店、診療所、消防、購買部などがそこにある。

ふと見ると、西通りを、チンカラチンカラと聞き覚えのある馬鈴をひびかせて、馬車が上がってくる。はてなと思ってみると、まぎれもない音と吉である。但し、馬車ではなくて、荷車に変わっていて、こわが一杯つんである。村長さんも認めたらしい。にやりと笑った。

「あれは音ですわ。音はな、独特のカンを持っとって、今日のお客はどれぐらいの時間がかかるか、ちゃんと知っとるんですな。さっき、ガラス屋へ行くというていましたやろ。あれは、ガラス屋が倉庫をつくるので、そのこわを製材所から運んでやっとるんですな。まあ、見てごらん、われわれが、ガラス屋へいったら、その時には、ちゃんともとの馬車になって、待ってますわ」

にぎやかな女の子たちの声に送られて、織物屋を出た。

第八章　古木老人

「こんどは、ちょっと、変わってまっせ」

村長さんは、そういって笑った。

そのまま、道へ出ないで、だらだらと坂を西へ下りていくと、朴《ほお》の木の林にぶつかった。木と木の間隔が整然としているところ、木の高さに順があるところから見て、これは明らかに自然の林でなく植えられたものである。

その林のはずれに、丸太小屋が一軒建っていた。ロシアの農民の家のようでもあり、日本の校倉《あぜくら》づくりに似たところがあるようでもある、風変わりな小屋であった。

頑丈《がんじょう》な板の扉の前に立つと、村長さんが怒鳴《どな》った。

「おーい　古木《こぼく》老人おるかー」

すると、すぐ中から返事があった。

「おるわい。くそやかましい村長め、はいれ」

この村へ来て、はじめて、村長を呼びすてにする人に出会った。

中は仕切りも何もない、五十平方メートルぐらいの広さの土間であった。

その真ん中に、直径一メートル半ぐらいの丸い炉があった。炉のまわりは、三十センチぐらいの高さの自然石がならべられ、その上が平になって、半分に割られた丸太がのせられていた。炉のまん中に、太い木がちろちろと燃えていた。

どういう構造になっているのか、その煙はまっすぐに上に立ち上がっていたし、ちょろちょろとはいえ火が燃えているのに、あついとも感じない。それどころかどこからともなしに、そよそよと風がはいってくるのである。

森の中にいるのか、家の中にいるのかわからないような、さわやかな空気に満ちている不思議な小屋であった。

隅のとてつもない大きな机の上に、紙をまき散らして何か書いていた古木老人は、くるりと向き直ると、すぐ立ち上がって来た。

「ひさしぶりやのう、村長」

殆ど白髪に近い頭髪はくしゃくしゃ、無精ひげはのび放題、古い型の丸形の眼鏡の奥に小さな目が、しょぼしょぼと笑っていた。

三人はそれぞれ炉のまわりにある椅子に腰をおろした。あの木工場で松谷君がつくったものであろう、ロシアの農家にでもありそうな、がっしりしたものであった。

古木老人は、腰をかけると、すぐ、足を炉のふちの丸太にのせた。その足には、足袋と靴下のあいのこ、つまり指またのある靴下、俗にいう、タビックスをはいていた。

村長さんが私を紹介すると、老人は丸太の上にあげた足をおろして、立ち上がると、

「よくいらっしゃいました。古木《こぼく》です。どうぞよろしく」

と、ていねいに頭を下げた。あんまりていねいにおじぎをするので私も驚いて、立ち上がってていねいに頭を下げた。

そこへ裏口から奥さんがはいって来た。紺無地のきものに縞木綿のもんぺをはいていた。挨拶がすむと、すぐ、隅の大きな戸棚からコーヒー茶碗を三つ出して来た。古木老人が、もう炉のまん中につき出ている鉄の腕木の先の茶釜を引きよせて、コーヒーをいれかけていたからである。

老人の横のテーブルに茶碗をおくと、奥さんは直径三十センチぐらいの円盤の下に棒のついた妙なものを持って来た。村長さんと私の間の、炉のふちにある穴にすとんと、その棒をさし込むと、ちゃんとした円形の小テーブルになった。

なるほどなあと感心した。

すぐに、香り高いコーヒーがその小円卓におかれた。茶碗は江木君作であるらしい。

村長さんが一口のんでいった。

「うーん、〝麦〟のコーヒーもうまいが、こゝのにはかなわんなあ。やっぱり、ここが本家やからのう」

「あたりまえじゃ。しかし、あのマダムも、だいぶ上手にはなって来たなあ」

われわれは、しばらく、だまって、コーヒーを楽しんだ。

この老人の名前の古木というのは本名ではない。本名は木村というのだが、製材所の木村さんと同名で、まぎらわしいので、枯葉の枯の字を分解して、古木と称することになった。なぜ枯葉の枯をとったかというと、この老人は、こゝ十数年来枯葉に魅《み》せられている。若い時から、枯葉の美しさにとりつかれた古木老人は、十数年前から、この美しさを固定できないものかと考えた。

いろいろな枯葉を、そのまゝ樹脂で固めることを思いついた。

はじめの頃は、樹脂を空缶《あきかん》でとかして、周囲の人たちから臭いといやがられ、ぼろくそにいわれた。

樹脂の方もだんだん発達して、そのうちに、いいものが出て来たために、枯葉の固定も古木老人の思うものにやや近くなって来たが、自然の葉の方は、なかなか思うようにならず、色といい、形といい、反《そ》りといい、揃ったものは少なく、結局、長い遍歴《へんれき》の末、たどりついたのが朴《ほお》の葉である。

老人はそれで、はじめの間、皿をつくっていた。朴《ほお》の葉をそのまま樹脂で固めると、十枚のうち二、三枚は逆反《さかぞ》りをするのもあるが、まあ残りのものは皿に使える程度に反《そ》ってくれた。

それを大きいものは、パン皿、チーズ皿、中形のものは、菓子、果物皿、小形はおしぼり用など、いろいろな用い方で売り出した。

幸い、自然そのままの形と色とが愛されて展覧会などでもよく売れた。特に東京、大阪のような大都会ではよく売れた。やはり、自然のものへの憧《あこが》れ、懐《なつか》しさもあり、木の葉の皿にまんじゅうをのせて食べるなどは、幼い頃のままごとを思い出す人もあるのであろう。

「枯葉を金にするのやからおもしろいでっしゃろ。これはな、狐に教えてもらいましたんや」

まじめくさった顔をして、古木老人は、そうささやいて、にやりと笑ってみせた。その顔の方がよっぽど狐に近かった。

最近は、年をとって、この皿物をつくるのが、めんどうになったのと、樹脂と食物の関係が、専門家は大丈夫だというけれども、老人は、どうも気にくわんといって、やめてしまった。

近頃では専《もっぱ》ら、室内装飾の方に力を入れている。額や衝立《ついたて》もつくるけれども、老人が一番力を入れているのは、もっと大きな壁面装飾である。

後で、この小屋の隣にある仕事場をみせてもらったが、これも五、六十平方メートルぐらいある板の間で、つき当りに大きなテーブル、その上で朴《ほう》の葉を選び、ならべる。右の壁面は全部棚で、その半分には、ぎっしりと、朴《ほう》の葉のつめられたダンボールの箱がならんでいる。残りの半分は、押し葉にした朴《ほう》の葉が、古新聞にはさんで、これまた、ぎっしりとつめられている。

大きさは、大体、ベニヤ板一枚が単位で何枚でもつないでいけるし、小さいのでは、ベニヤ板を適当な大きさに切る。

これに枯葉を貼り合わせて、上から樹脂を流して固める。この板を、ホテルのロビーとか、喫茶店とか、応接室の壁面にはめ込むのである。

工程は簡単なのだが、枯葉の貼《は》り合わせとその葉脈の処理に独特のコツがあるらしい。

昔は朴《ほう》の葉を山へ探《さが》しにいっていたが、この頃は横着になって、庭でつくっていますと老人はいった。

それが、さっきこゝへ来る時みた朴《ほう》の木の林である。

「ただね、山で枯れる葉は、その落ちた場所によって、腐り方が違うので、そこに何ともいえん変化が出て来ますがな、庭でつくるやつは、環境が同じじゃもんで、腐り方が一様になりますのや。それで、小川をこしらえたり、水溜《たま》りをこしらえたり、雑草をはやしたりして、なるべく自然の山中に似たような環境にしてやっています」

何でもない林のように思って見たが、なかなか苦心がしてあることがわかった。

更に林の中で説明をきいて驚いた。草の上に散らばっている葉も、水溜《たま》りに沈んでいる葉も、流れに半ばつかっている葉も、全部、それは計画的に置かれていたのである。

「あの葉は、一昨年のやつ、これは昨年の分、こちらのは今年の葉ですわ」

老人は、一枚一枚の葉を全部覚えているようであった。

「大体、水の中で腐った葉は黒いですな、地上で腐ったのが茶色、空中で腐ったのが白色、ほら」

老人の指さした右の枝に、あらい竹籠が、いくつか下げてあったが、その中に、ちゃんと、葉が入れられてあった。

「あれは白系統の葉になりますんや」

こうして、老人は、昔、山中で自然に腐っていた葉を、人工の林の中で、ほぼ、計画通りの腐り色をつくることに成功したのである。

この、黒、茶、白系統の色と、ちぎれ、虫喰いなどの変化、大小の組合わせなどによって、貼《は》り合わせの面白さが出てくるようである。

「この、べらぼうに大きな葉は、何か種類でも違うのですか」

「いゝや、若木は大きゅうて、老木は小さいんですな。ほれごらん、林の木の背が段々に違いまっしゃろ。大きい葉がほしかったら、若木の林へ行けばよいんですわ」

「まあ、この老人は、ほしかったら、行けばよいというように簡単にいうてますけどなあ、これで、年一回しか葉は落ちて来ませんやろ。それを、一年から、三年も、腐らして、それをまた、一年間押し葉してから、やっと貼《は》り合わせるんやから、まあ、気の長い仕事ですわ」と、村長さんが横からいいそえた。

老人は古くからの村長さんの親友で、施設で長く勤めていたが、茗荷《みようが》村開設の時の同人の一人で、開設と同時に、施設をやめて奥さんと二人で、ここへ移って来て、しばらく、村役場の一室に間借りをして、その間に、この地を見定めて、こゝに丸太小屋を建て、そこに住んでから、今度は仕事場を建て、それと並行して、朴《ほお》の林づくりにかかった。何とかかんとかいっても、結局は、十年近くの歳月がたっているのである。

年老いたので、弟子はとらないといって、奥さんと二人だけでやって来た。変人で、気が向くと、夜中でも仕事をするので、子どもを教えるのには向かないのだろう。

後継者はないのかときくと、近頃、独身寮に舞い込んだ実習生の中に、東京生まれだが、面白そうな青年が一人いて、それが時々やって来るので、様子をみているが、見込みがあるし、本人もやりたいという気を持っているので、近々引き取って、仕事場の横に小屋でも自分でつくらせて、そこに住ませ、仕事を仕込んでみようと思っているといった。

自分で住む家をつくるのかと驚いてきくと、

「そら、あんた、小鳥でも巣をちゃんと、こしらえますがな。小屋ぐらい何でもあらしまへんで」

といって老人は、目をしょぼしょぼさせて面白そうに笑った。

「この村には、そういう小鳥みたような連中がぎょうさんいますな」村長が口をはさんだ。

「この老人なんか、その小鳥の中のひねですなあ」

「いや、もうあかんようになったわい。そのうちに、あの東京の変人に、あと譲《ゆず》って、村の老人ホームに入れてもらうわい」

「あほらしい、お前みたいな執念深い奴が、そうそう簡単に枯葉を見捨てられるかい。それに、村のために、もっともっと稼《かせ》がなあかんぞ」

「欲深のくそ村長」

二人の老人は寒山拾得の絵のような顔をして笑った。

老人は弟子をとらない、つまりちえおくれの子らを教えない、その代り、稼ぎの半額を村に入れている。いわゆる多額納税者である。この金は、村の基本財産に組み入れられている。不時の災害用、不意の出費等にあてる金である。

枯葉の小屋を辞して出る時、老人と奥さんが送って出て来た。村長が老人の肩をどしんとたたいた。

「こら古木《こぼく》、お前にゃ老人ホームはいらん。お前はこの小屋から、あの山の寺へ直行じゃ」

「はゝゝゝ、木人のあほ坊主に、般若心経半分あげてもろうたら、極楽行き必定じゃでのう、その点は、安心しとるわい」

老人と奥さんは、姿勢を正すと、私に対して、深々とていねいに頭を下げた。冗談《じょうだん》ばかりとばしていた口の悪い人とは別人のような厳粛《げんしゅく》な折目の正しさがそこにあった。

ガラス屋まで歩く間に、私は、ききたくてたまらなかったあの小屋の不思議な構造仕組みのことをきいてみた。

村長さんは笑いながら話してくれた。

あの老人は、息子たちはもうみんな独立しているし、変な絵を時々描くことと、好きな本を読むくらいで、他《はか》には何にも金はいらない。そこで、退職金と、借金とで、あの変な小屋を半分は自分で半分は専門家に手伝って貰《もら》って建てた。

村長さんも、くわしいことはよく知らないが、とにかく、机の前にさがっているたくさんの紐《ひも》のどれかをひくと、とんでもないところに、窓がぽかりとあいたり、どこからか知れないところから、風がそよそよとはいって来たりする。もっと驚くのは屋根全体が動くことである。

これは客のある時には、めったにやらないが、紐《ひも》を引くと、音もなく、屋根が横に移動をはじめ、もちろん好きなところで止めることは出来るが、放っておくと、部屋全体が、すっぽりと露天になってしまう。

そうして、老人は部屋全体に、さんさんと太陽の光を注がせて、その中で、素裸になって日光浴をしたり、夜は、炉ばたで、満天の星を眺《なが》めながら、チェロを弾《ひ》く。弾くといっても曲はひけないので、ただ、ブーブーと音を出して、その音を楽しんでいるだけである。

時々、チェロの中に二十日鼠《ねずみ》を入れたいなどという。老人は宮沢賢治にだいぶかぶれているそうだ。

暖かい夜など、老人は屋根を開け放ったまま寝床にねて、夜気と共に部屋に満ちてくる草の香りをかぎ、星を眺めながら、眠りに落ちる。よく眠ってから、奥さんに屋根を閉じさせるのだそうだ。

聞いていて私は呆《あき》れてしまった。全くしゃくにさわるほどのぜいたくだ。

あの部屋は本当に一つしかないので、寝室兼居間兼食堂兼書斎兼応接というわけだが、寝床は、机の横に三帖の畳の間があって、昼間は板の衝立のようなもので、ちょっと、かくされているだけである。その向いの壁の中には、六つも二段ベットが仕組まれている。息子が全部帰って来ても泊まれるようにつくったのだそうだ。そのベットの通風・採光の快適さは、汽車のA寝台など足下にも及ばない。もっとも、実際に泊るのは、老人の友だちの変人共が殆どということだ。

「そんなに息子さんがいて、誰も後を継がないんですか」

ときくと、

「いや、ちゃんといます。以前は皆別の仕事をしていたのやが、おやじが、茗荷《みょうが》村をわたしたちと一しょに創設して、中にはいったときいて帰って来ましたわ。長男はこの村の事業部長をしていますしな、次男は研究部で働いています。わたしは子どもがないのですが、あの古木の種子は、茗荷《みょうが》村で芽を出しましたな。以前は、あの古木の奴も、俺の子は、どいつも、こいつも不肖の子やというていましたがな、こういうことになるのやから、わからんもんですなあ」

その時、音の大声がきこえて来た。ガラス屋の前である。

第九章　ガラス屋

「おーい、村長さんよー。えろう、今日は長かったのう」

「おいやー、すまなんだのう」

「でも、ちゃんと、待っとるやろ」

さっきの荷車はちゃんと馬車に変わって、音は馭者台の上で、誇らしげに馬面を長くしていた。

「えらいもんじゃ、何べんこわはこんだ」

「村長さん、知っとったか」

「そらちゃんと知っとるわい」

「三ばいじゃ」

「大将喜んどるじゃろうが」

「おいや、今晩、ぼけ屋へ、一ぱい飲みにつれていってくれるんじゃ」

「そうか、そら、よかったのう。大将さんはおるか」

「うん　村長さんが、お客さんつれてくるというといた」

「そうか、そうか」

ガラス屋の大将、大野君はまだ三十そこそこの青年である。

色の白い、細面《ほそおもて》の優美な顔付きだが、利《き》かん気の男で、家は中国地方の金持らしいが、金持の坊ちゃんといわれるのがきらいで、大学はアルバイトでやり通した。

東洋史を勉強したのだが、学生時代に古代ガラスの展覧会をみて、その美しさのとりこになってしまった。全然の素人が、熱心一筋で、ガラス屋、研究所、学者をたずねてうろついているうちに、焼物屋の江木君と知り合った。

江木君の紹介で、茗荷《みょうが》村にやって来て、村長、古木老人、木村さん等、五人ほどいる村の世話役に会った。

面白そうな青年だというわけで、入村を許され、土地を与《あた》えられた。村の事業部で借金して、家と仕事場を建てた。勿論手づくりで、江木君はじめ、製材所の若い衆、独身寮の青年たちも手伝った。

材料はすべて、昔の農家の廃材か、製材所のこわ、丸太の類だから安上がりである。手間賃はただ。今日、音君がはこんだこわは、倉庫用のものである。

仕事場はまだガランとしていた。

その隅に、大野君が苦心してつくった高熱炉が一つあった。これは、ガスの熱で、ガラスを溶かし、ハンドルで炉を傾けて、外の鉄枠の中にガラスを流し込んで固めるというものである。

そして、例《たと》えば皿型の凹型に流し込んだガラスに、やわらかい中にきれいな小石、或いは貝殻、鉄片などを落とし込んで、その上を皿型の凸型で押えて、固まらせるというやり方で、ガラスの小皿をつくるわけである。今のところ、枠が皿型のものしかないので、ほかのものは出来ない。

大野君はいう。透明でキラキラと輝くガラスの高貴な美しさもみとめる。しかし、やや半透明のぼったりとしたガラスの味も捨てられない。ガラスの世界に於ける、いわば「駄菓子の味」というか、そういうものを造りたい。

酒びん、ビールびん、ラムネのビー玉、注射薬のアンプル、そういうものの破片をまぜて溶かして、泥くさいガラスをつくることに苦心している。

又、ガラスの中に入れる小石、貝殻、金属片などもいろいろ撰択したり、つくってみたりしている。

試作品を二、三みせてくれた。陶器とガラスの合の子といったような、ぼったりとしたやわらかみのある、正に『駄菓子』の感じのものであった。

「私はこれに」大野君は笑いながらいう「『駄硝子』という名をつけています」

青い小皿をとりあげてみた。底に、黒い小石が一粒沈んでいた。じっと覗《のぞ》き込んでいると、深い海の底にいつの間にか、こちらがぐんぐんとひきこまれていくようで、はじめは小さい粒にしか見えなかった小石が、次第に何万年も前から海底にどっしりと坐っている大きな岩のように見えてくる妖《あや》しい気持に、私はあわてて目をはなして、頭を振った。

薄い無精ひげの生えた、大野君の端正な顔が笑っていた。大野君は私が受けた感動を知っているようであった。

「これは如何《いかが》です」

こんどは、薄茶と黄の中間のような色の小皿であった。底に細かい粒石が十数個かたまるようにまかれていた。

少し暗いように思ったので、窓に向けて透かしてみた。忽《たちま》ちそこには、夕陽に染まりながら暮れていこうとする、涯《はて》しもなく広い砂漠があらわれて来た。天も地も黄一色であった。十粒ほどの小さい小石は、らくだの群れとも思えた。それが向こうからこちらの方へ次第に音もなく近づいてくるような気がした。私はあわてて皿を下においた。

ガラス屋を出て、馬車に乗った時、私は妙に疲れていた。

「村長さん、まことに申し兼ねますが、何だか疲れましたので、予定を変更して、少し時間は早いようですが、宿へつれていって下さいませんか」

村長さんはすぐ承知してくれた。

「音や、下の宿へ行ってくれや」

「農場から山の方は廻らんのじゃな」

「そうじゃ」

「今日のお客さんは、一つ一つが長いわい、いつものお客さんの倍より長いわい」

「そうじゃのう」

「村長さんはこのお客さんが好きじゃな」

「うん　好きじゃ」

「村長さんは、きらいなお客の時は早いのう」

「はゝゝゝ」

「村長のくせに、えこひいきしたらあかんぞ」

「うわっはゝゝ、まいった」

村長さんと音君との会話をきき、吉のチンカラ、カッパをきいているうちに、まただんだんと疲れがとれていくようであった。

それにしてもあのガラスの妖《あや》しさはどうであろう。

「あのガラス皿を、あんたのように覗《のぞ》き込む人はまあ少ないですな。表面は素朴な、厚ぼったい、大野君のいう『駄菓子』の味じゃでなあ、それで楽しんでいても、それで結構なんじゃ。それを一歩進んで、覗《のぞ》きこむと、あの素朴さの中に、魔法のような妖《あや》しさが秘《ひ》められていることがわかる。そういうところに、あの大野君も、参って、とりこになったんじゃろうなあ」

私は黙って背《うなず》いた。

「あれで大野君も、なかなか苦労ですわ。借金はあるし、製品も試作の程度じゃし、まあ、いずれは売れると、わしも思うとりますがな」

「でも、お父さんが、大金持とか」

「いや、それが、大野君は若いが、なかなかの変屈でな、おやじからはびた一文貰《もら》いよらん。借金も全部自分の手で返すというとります」

まあそういう男でなければ、ああいう作品はつくれまい。

馬車は、ずっと北に上がりつづけた。同じ道を返らないで、農産加工地帯を見せながら、西三丁目まで上がって、中通りを下がって宿へつれていこうという音君の親切からであろう。

第十章　露の家

宿は東一丁目を東に曲がって、川のほとり、一丁目橋のたもとにあった。

大ぶりの農家をそのまま宿屋にしたもので、藁屋根であった。がっしりした構えにしては「露の家」という、掛行燈《かけあんどん》の名はしおらし過ぎた。行燈《あんどん》の字も、これは村長の字でなく、やさしい女文字であった。

村長さんは、私をおろしておいて、そのまま馬車で役場の方へ帰っていった。

入口の障子をあけてはいると、すぐ、紺絣の筒袖にもんぺをはいた女の子が二人とんで出て来た。

「いらっしゃいませ」

と、ていねいに両手をついておじぎをした。

「どうぞ、お上がり下さい」

よく掃除の行き届いた、黒光りのする廊下を曲がって、一間きりの離れに案内された。壁から、柱から、天柱から、全体として茶室風の部屋であった。部屋の真ん中に、何の木かわからぬ程黒くなった一枚板の簡素な机が一つおいてあった。

紺染めの木綿の座ぶとんをおくと、女の子は、ちゃんと両手をついて、

「どうぞ、ごゆっくり」

と歌うようにいうと、にっこり笑って出ていった。

入れ違いに、同じ服装だが、頭に白いものの混じっている女の人がお茶を持ってはいって来た。

「先生、お懐かしうございます」

その女の人は坐るなり、そういって、手をつかえた。

誰であったか思い出せなくて、私はとまどった。

「〇〇学園にいた露木でございます」

「あ、あの保母さんをしていた」

「ええ」

「ああ、そうか、思い出した。へえ――あの露木さんがねえ、こんなところで、お目にかかるとは、余り意外で、ちょっとわからなかったなあ」

私は改めて、露木さんを見直した。何だか昔より若々しい感じである。ずっと独身で通して来たせいもあろうが、気持や生活が安定しているのであろう。落ち着いた静かさというか、やさしさの中に一種の貫禄のようなものまでが、体全体に出ていた。

「定年で学園を辞《や》めましてね、それまで、余り、そんなことも考えずに働いて来たので、さあ停年だ、辞めたわ、身寄りはないわ、こんな婆さん使ってくれるところはないわで、どうしようかと思いました」

露木さんは静かにお茶をいれながら話した。

思案に余って相談したのが古木老人である。古木老人も、以前は精薄児施設の長をしていたので、露木さんもよく知っていた。

その老人の世話で、この村に来たわけである。

茗荷《みょうが》村を創設した目的の一つに、施設で長年働いて、結婚も犠牲にして、そのまま年老いた身寄りのない保母さんたち、そういう人たちの老後を楽しいものにしてあげたいということがあるのだと露木さんはいった。

「そんなことで、私たちの仲間が、もう何人も、この村でせわになってるんですよ」

「へえ、何人も」

「通勤寮、独身寮、診療所、研究所、そんなところで、もうかれこれ十人ぐらいいるんじゃないですか。あ、先生、お安さん知ってるでしょう」

「お安さん」

「ええ、あの△△寮に勤めていた保母の、花田安子さん」

「ああ、酒の強い保母さん」

「そうそう、そのお安さんが、ここで喫茶店をやってるんですよ」

「ああ、あの『麦』の」

「あら、先生、御存知ですか」

「いや、さっき、古木老人とこで、ちょっと話が出ていた、コーヒーのいれ方を古木老人が、そこのマダムに教えたって」

「そうなんですよ、花田さんも古木先生のおせわでここへ来たんですよ。大てい、ここにいるばばあ連中は、古木先生に、拾われたんですよ。われわれは枯葉小屋の方には、足を向けて寝られないねといって笑ってます」

茗荷《みょうが》村の存在の意義というか、創設者たちが、何を考えてこの村をはじめたか、その一つの具体的なあらわれを、この目で、また見せられた思いであった。

大事なことだといわれていながら、それではどうしたらよいかということになると、老人ホームにでもはいらねば仕方があるまいということに落ち着かざるを得なかった。

それをこの村では、こうして、いろいろと、その人に合った仕事を与《あた》えている。やはり老人になっても、死ぬまでは、何か仕事をさせないと、早くもうろくしてしまう。

ここでは、必要な便宜《べんぎ》ははかってくれるし、最終的には抱いてくれるが、決して甘えさせはしない。借金はちゃんと返さねばならぬし、経営については、責任をもって、食べていけるように、自分で努力工夫をしなければならなかった。相談にはのってくれるが、食べる努力をするのは自分であった。その真剣さが、反面、老人たちをもうろく化から救っていたのであろう。

「もうおわかりでしょうが、あの女の子たち、今三人預っていますが、みな軽いちえおくれです。しかしほんとうに朗らかでよく働きますし、この頃は、外からのお客さんも多くなって、とにかく毎日泊りのお客さんのない日はないし、私も何とかしてお客様に、安く、気持よく泊って頂こうと工夫していますから、生活に張りがあります」

この年になって、これだけ張りのある生活が出来るということは、うらやましい事だが、それは、やり方によっては不可能ではないということを、この茗荷《みょうが》村はみせている。

「死んだら」露木さんはゆかいそうに笑った。「天保寺の和尚さんが、拝んでくれますから、安心なものですわ」

天保寺というのは、この村の中通りの突き当りの山の中腹にある寺で、和尚は木人和尚、もちろんちえおくれである。この子は坊さんが好きでたまらんというので、古木老人たちが、隣村の使っていない不動堂を貰《もら》って来て建てて、横に木人和尚の住む小屋もつくってやって、頭を剃《そ》って、衣をきせて坊主のかっこうをさせ、お経も、般若心経を教えたが、半分ぐらいから先がいまだに覚えられない。

しかし、本人は至極《しごく》まじめで、すっかり坊主になり切ったつもりで、毎朝、半分のお経をあげ、昔からあるこの廃村の墓地をきれいに掃除して、ごはんは、ぼけ屋でたべる。あっちこっちで、ごちそうになることもある。そういうときけっして遠慮しないのが木人和尚の値打である。

天保寺も木人和尚もすべて、古木老人の命名である。天保寺というのは、天保銭からとったので、昔はちえおくれのことを天保銭とも八文ともいった。

木人というのは、もともと古木老人の号であったのを天保寺の和尚に進呈したので、余り働かない、年中休んでいる方が多い、その休という字を分解して木人とした。木人というのは中国では木偶《でく》、でくの坊という意味にも使われている。正にふさわしいと古木老人も大いに気に入って若い時から愛用していたのだが、青々と頭を剃《そ》って衣を着た新発意の姿をみると、すっかり喜んでしまって、自らの号を進呈して、木人和尚と命名したわけである。

ここにもこの村の『茶目っ気』の一つが出ている。

「お経は半分でも、資格はなくても、世間の生臭坊主にくらべたら、ずっとましじゃ」と古木老人はいつも口癖のようにいって、木人和尚をかわいがっている。

古木老人は命名癖といってもよいほど、名をつけるのが好きで、そもそも、この茗荷《みょうが》村というのも老人の命名であり、居酒屋の『ぼけ屋』、この宿の横を流れている『熊川』、奥にそびえている『与太郎岳』、農場、果樹園、加工場地帯に細かく分流している川は『八川』、それに一つ一つ、東から『一八川』『二八川』『三八川』と、整然と名をつけている。

茗荷《みょうが》というのは、御承知の通り、お釈迦様《しゃかさま》の弟子に、自分の名も書けなかったという、有名な馬鹿の周梨槃特という男がいた。この槃特さんが、お釈迦様の指導で、掃除に徹底して悟りを得た。死んで葬られたが、その墓に（この辺は眉唾《まゆつば》ものであるが）生えたのが茗荷《みょうが》で、食べるとものを忘れる。槃特の魂が茗荷《みょうが》になったのであるという話、どうも古木老人作のようなにおいがするが、この話からとったものである。

『八川』『熊川』『与太郎岳』はもう見当がおつきであろうが、落語に出てくる、ちえおくれの代表者、八っつあん、熊さん、与太郎からとったものである。

熊川に現在四本の橋がかかっているが、これはまた味気ない『一丁目橋』『二丁目橋』『三丁目橋』それに『下の橋』である。

橋の命名にも古木老人は舌なめずりをして考えていたのであろうが、村の若手が、また故事来歴のむずかしい、読みにくい名でもつけられては事であると、機先を制《せい》して、名をつけてしまった。

「味気ない奴らじゃ」

古木老人は憮然《ぶぜん》として、あごひげを引っぱったそうだが、それきり何もいわなかった。あきらめもいいようである。

女の子が、

「おふろがわきました」といいに来た。

露木さんが風呂場へ案内してくれた。

「露木先生」

「あらあら、先生だけはごかんべん願いますわ」

「いやどうも、口癖だな、露木さん」

「はい」

「さっきから、そうではないかと思っていたんですが、あれは水車の音ではありませんか」

「そうですよ、先生、ほら」

露木さんが廊下の窓を開けてくれた。家からとろとろと下がったところ、熊川のそばに、大きな水車が廻っていた。

「いやー、懐かしいなあ、まだ水車が残っていたんだなあ。観光用の飾りですか」

「とんでもない、本当に使ってますよ」

「ほう、何をついているんですか」

「お米ですよ」

「へえ、米」

この村には、余り大きくないが水田があって、毎年の田植えには、村中の女が総動員で出る。役場の女の子も、織物屋の子らも、この露の家の女中さんたちも、今から、それを楽しみにしているという。

とれた米で、村中の人のまかないは大体出来るが、主たる目的は糠《ぬか》をとることである。糠《ぬか》は漬物に使う。露木さんも漬物には自信のある方で、露の家の漬物、沢庵漬はうまいことで定評があるそうだ。

村の農産加工部でも、漬物は収入の大きいものの一つで、色粉や人工甘味料を絶対に使わない、昔ながらの純正な漬け方が受けて、今では、百貨店、漬物店にも仕入れているし、施設、工場などから、本物の沢庵の味を愛して、一年間の使用量を予約して頼んで来るところも漸次増えているという。

「はあ」

「あ、そうそう」露木さんは振り返っていった。「先生は昔、玄米を召し上がってましたね」

「この村でつくった、農薬を全然使ってない、本当の玄米があるんですよ。明朝、炊いてあげましょうか」

「へえー、玄米をねえ、ありがたいなあ、是非お願いします」

まさか、旅館で玄米が食べられようとは思わなかった。

風呂場へはいってみて驚いた。タイルは一枚もつかってない。天井も、壁も、湯舟も、床のすのこも、全部檜である。

磨き上げた檜の湯舟のふちに頭をのせて、体を長々と伸ばした時、私は思わず

「あー、極楽だなあー」

といった。

この思いの中には、今の湯加減の良さだけでなく、朝から、この村で見聞きしたものが、すべて含まれていた。

そして、しばらく眼をつぶって考えていたら、なんだ、こんな極楽は、五十年前にはざらにあったことだ。それが戦後、どこかが狂って来て、今では経済の高度成長だとかいってるけれども、世界第二位か第三位かといわれる数の煙突から吐き出される、或いはせまい道にぎっしりこになって走り廻っている自動車から吐き出される亜硫酸ガスが一年に数百万トンにもなるという。

そして、やがては数億トンの亜硫酸ガスが日本列島の上空をおおい、雨のかわりに硫酸が降ってくることになるそうだ。

アメリカのレーチェル・カーソンは「沈黙の春」という本を書いたが、このまま進めば日本列島もやがては、空は亜硫酸ガスにおおわれ、海はヘドロに埋められ、土地は農薬に汚されて、もう春も夏も秋も冬もない、「死の列島」になるかもしれない。

今、日本列島は大きな大きな曲がり角に来ているといってよい。

このままいったら、さぞや、われわれは、子孫に恨《うら》まれることであろう。

自然への人間の傲慢《ごうまん》さ、人間と人間との間の利己、これらの『心の貧しさ』が『物の豊かさ』の代償としてやって来た。

物が豊かになっても、心が貧しくならなければよいのにと思うけれども、無理なことなのかもしれぬ。

物が少々貧しくなっても、心は豊かでありたい。

ここの村長さんがよくいう「木と、弱い人と、職人さんが大事にされん国はかさかさした国になる」ということは、自然を大切にすること、人と人とが助け合うこと、みんなが額に汗して働いて食べることの大事さをいっているのだ。

それを、小さいながら、この茗荷村《みょうがむら》でやろうとしているのだ。

だから、その一部にふれただけで、今から五十年前の日本にはまだ残っていた、自然と人とのとけ合いを感じて、それが、今、風呂で湯につかったとたん「ああ、極楽だなあー」ということばで吐き出されたのであろう。

目を閉じた耳に聞えてくるのは、熊川のさわやかな流れの音だけ。水車の音もいつの間にか止んでいた。

着替えて部屋に帰ったら、女の子が、少し早いけど、夕食を出そうかといって来た。夜は又喫茶店へ行ってみようと思っていたので、持ってくるように頼んだ。

待っている間に、部屋の隅に、小さな小机があって、その横に小引出しが四つほどあるのであけてみた。

タオル、ハブラシ、石けん、カミソリ、チリガミ、小鋏、爪切り、耳掻き、便せん、角封筒、はがきまでが、きちんと揃えて入れてあった。

露木さんらしいと思った。

夕食は二人の女の子が大きな角盆で運んで来てならべると一人は行き、一人は給仕盆を持って坐った。

「お客さん、ご飯はどっちにしはりますか」

「どっち?」

「麦ごはんと、七分搗《つ》きとあります」

「ほう、あしたの朝玄米をよばれるから、今晩は麦ごはんにしょうか」

麦ごはんの好きな私はほくほくした。

テーブルにならんだ御馳走は、鱒の塩焼、これはこの村の名物らしい。燻製《くんせい》の雉のささみ、これもこの村製だが、本当の煙の味がしておいしかった。たにしのつくだに。近頃の人はたにいしなども知らないだろうが、私の子どもの頃は、よく食べたもので、とても懐かしかった。わらびと厚揚げのたき合わせ、生椎茸の焼いたものに、生醤油をかけたもの、きくなのしたし、ゆばの吸物、それに浮かしたうどの細切りの香りがよかった。

漬物は、露の家自慢の古たくあんとせせらぎ漬。せせらぎ漬というのは、芹を赤味噌ではさんで漬けたもので、昔は京都でつくっていたが、今はない。珍しいものである。

私は、ほうほうと喜びの声をあげたいほどうれしかった。

「あんたは、何という名前」

「ちよ」

「かわいい名だな、おかみさんは」

「ほかのお客さんのごはんつくってます」

「お客さんは多いの」

「三人」

ちよちゃんは指を三本出した。

「やっちゃんはあのお客さん、きよちゃんはあのお客さん、ちよちゃんはこのお客さん」

歌うようにそういって、ちよちゃんはにこっとした。

おかみさんの露木さんが、丁稚羊羹《でっちようかん》を持って来てくれた。

丁稚羊羹は露木さんの手づくりだそうで、竹の皮につつんであった。

お茶も大きな土びんから、焙《ほう》じ番茶を、厚手の湯呑にたっぷりとついで貰《もら》った。

器《うつわ》は全部江木君作の茗荷《みょうが》焼、箸は竹屋の安爺さんか良吉君の削った青竹である。

「どうでした、お味は」

「うれしかったな」

「うれしかった？　妙ないい方」

「ああ、もちろんおいしかったが、出たものがみな懐かしくて、うれしかった」

「まあ、そうですか、それでは私もうれしい」

露木さんは若々しく笑った。

「今時、まさか、たにしや、せせらぎ漬が食べられようとは思わなかった」

「どこから伝わるんですかね、この頃は、遠いところから、こんな田舎料理が食べたいといって、わざわざ来られるお客さんもあるんですよ」

「そうだろうな、わかるよ、やっぱりみんな本物を求めているんだなあ」

これは、おふくろの味というよりも、日本人の『ふるさと』の味だ。

丁稚羊羹は帰ってたべることにして、喫茶店の『麦』へコーヒーをのみにいくことにした。

「花田さんが喜びますよ」と露木さんが笑った。

花田さんというのは、露木さんと同じく、施設に長く勤め、定年でやめて、身よりがなく、やっぱり古木老人のせわで、入村して喫茶店をはじめた。以前、私の施設へも見学に来たことがあり、私の講演もきいたことがあるそうだが、私は覚えていなかった。

どてらに下駄をつっかけて外に出た。何の花の香りか、夜気に乗って流れていた。田んぼでは蛙が鳴きはじめていた。

『麦』は中通りの角にあった。古木老人の枯葉小屋によく似た感じの丸太を使った山小屋風で、恐らくは古木老人の設計であろう。この村にしては珍しい、ここには都会のにおいがあった。

中にはいると、まっ先にコーヒーのいい香りが鼻に来た。

「あら、先生、いらっしゃい。さっき、露木さんから電話がありましたよ」

「へえ、早いな、こんばんわ」

「こんばんわ、花田です、どうぞよろしく」

露木さんよりは、ずっとはなやかな顔で、目が大きかった。中は割に広く、テーブルも十脚ほどあって、奥の方には、五、六人、若い人が何か熱心に話し込んでいた。私は入口に近い隅に腰をおろした。女の子が水とおしぼりを持って来た。

「いらっしゃいませ」

少し舌がまわりにくいようであったが、にっこりと笑う顔は愛くるしかった。

「コーヒーを一つ」

「先生、古木先生にお会いになったんでしょ」

「ああ」

花田さんは黙って笑って、私がコーヒーを一口飲むのを待っていたように、きいた。

「先生、古木先生んとこのとくらべて、どうですか」

「さあ、同じようですな」

「まあ、お上手な」

「いや、僕は、本当のところ、コーヒーの味など、よくわからんので、どれも同じように思えるんでね。まあ、何をのましておいてもわかりゃせんのです」

「まあ、たよりない」

花田さんが、睨《にら》むようにして笑ったとき、扉が勢いよくあいて、檜原さんがはいって来た。私をみつけると、大きな声で、

「いやー、当たった当たった、やっぱり来てはった」といいながら近よって来て、私の前にどしんと腰をおろした。露木さん、花田さん、檜原さんは、年齢も大体同じくらい、身の上も似ているので、この三人ひどく仲が良く、まるで姉妹のようだという。露木さんはおとなし

く、花田さんははなやか、檜原さんは子どもっぽいところがあって、それぞれタイプが違うのも仲を良くしている原因らしい。

この三人のうち、二人は旧知の仲であり、一人は先方が私を知っているというのであるから、私も旅先とも思えぬような、くつろいだ気持になった。

とりとめのない昔話をしばらくしたが、それよりも、茗荷《みょうが》村でのこれら三人の女性の生活感想をきいているうちに、施設の教育に生涯を捧げ、そのまま年老いて、身をよせるところのない女のことを、ちゃんと考えていたこの村の創設者たちの先を見通す力と、心のあたたかさはりっぱだと思った。

檜原さんと別れて、先に『麦』を出た。

宿に向いてしばらく歩いていると、一丁目橋を渡って、向こうから、懐中電灯がぴかぴか点滅して、その間に、大きな声で「火の用心」、そして、カチカチと拍子木の音。ここにも昭和と江戸時代が一しょに歩いている。

近づくのを見ると、昼間、役場へ案内してくれたお巡りさんで、服装もヘルメットをかぶった昼のままだが、ただ、一人は、紐のついた、大きな拍子木を首からぶらさげていた。

「今晩はッ」

二人のお巡りさんは、立ち止まって、さっと挙手の礼をしてくれた。

「いや、ごくろうさん」

「はあ、いやー」

二人は、ぐっと胸をそらして、得意満面、大きな声で「火の用心」とどなって、拍子木をカチッカチッとたたくと、澄ましていってしまった。

このダウン症のお巡りさん二人は、昼は門の脇で番をしているが、夕食後は必ず、今のように拍子木をたたいて夜警にまわる。

雨が降ろうが、風が吹こうが、春夏秋冬変わらない。大体村中すみずみまで廻ると二時間近くかかるそうだが、とにかく、二人はこれが好きで好きでたまらないらしく、夜警は二人にとって最大の生甲斐のようだと、宿でおかみさんが話してくれた。

馬車が音やんにとって生甲斐であるのと同じである。

私の留守中に村長さんから電話があって、明日は用事があるので、代りに研究所にいる古木老人の次男を九時に案内によこす。馬車は、もったいないように思われるかもしれんが、明日は道も少し悪くなるし、何より、音がそれを喜ぶから、乗ってやってくれということであった。

明日を楽しみに、早い目に床にはいった。体中が快い疲れで、昼間見聞きしたことが、あらわれたり、消えたりしているうちに、いつの間にか眠ってしまった。

朝、目が開いて、枕元の時計をすかしてみて驚いた。八時である。はてなと思って障子の方をみると、はじめて気がついた。外は雨戸である。雨戸というものを、ここ数十年来忘れてしまっていた。

部屋の中が暗いものだから、いい気になって眠っていたのだ。——雨戸にだまされたわいと、呟《つぶや》きながら、障子をあけて、雨戸を繰った。さっと、差し込んだ光は、やっぱり春ののどかな朝の八時のものであった。

顔を洗って、ひげを剃って部屋に帰って来たら、ちよちゃんが、蒲団をあげて掃除を終ったとこであった。

「お客さん、年よりのくせに、ようねはるなあ」

「いや、すまん、雨戸にだまされたわい」

「え?」ちよちゃんは妙な顔をした。「雨戸が何しました。あて、ちゃんと、ゆうべ、しめときましたで」

これは、ちよちゃんには、ちょっと、わからぬだろう。

朝御飯はおかみさんの露木さんが持って来てくれた。

「先生、お約束の玄米、ほんとに召し上がられますか」

「ええ、大丈夫、ゆうべから、楽しみにしていましたよ。しかし、久し振りだなあ」

テーブルの上にならべられたものは、玄米一椀、それにかける胡麻塩、豆腐の味噌汁、山蕗《やまぶき》のつくだに少し、古たくあん二切れ、古い飴色になった梅干一つ。それだけであった。胡麻塩は、黒胡麻がちゃんと軽くすりつぶして、焼塩と混ぜてあった。

私は正座して、腰骨をまっ直ぐにして、玄米に胡麻塩をかけて、少しずつ口に入れて噛《か》んだ。米一粒一粒を懐かしく噛《か》んだ。久々の口に、「太古の甘味」とでもいうような味が、ひろがった。

私は一口入れては箸をおき、目を閉じて噛んだ。

「いや、このお客さん、ねてたべてはる」

とんきょうな、ちよちゃんの声に、私もおかみさんも吹き出したし、もちろん、太古の味も、けしとんだ。

ちよちゃんに笑われながら、目を閉じたり開いたりしながら、もぐもぐやっているうちに、米も、汁も、つくだにも、たくあんも、梅干も、いや、たねだけは残したが、すっかり平らげてしまった。

「いや、きれいにたべはった、えらいわー」と、こんどは、ちよちゃんにほめられた。

そこへ、きよちゃんが「研究所の先生が来はった」といいに来た。

ちよちゃんが食器を下げるのと、入れちがいに、古木老人の次男、春木君がはいって来た。

少し小柄だが、がっしりした体で、丸い顔が笑うと目が無くなってしまうところなど、古木老人にそっくりだ。

一通りの挨拶がすむと、春木君はちょっと時計をみた。

「先生、もう四、五分すると、音やんが来ます」

「あ、そうか」

「せかしてお気の毒ですが、洋服に着替えて下さい」

「はいはい」私は立った。

「何しろ」春木君は気の毒そうな顔をした。「彼の時間は正確無比で、待ったなしなんです」

「いや、昨日、それを知りましたよ」

「そのくせ、時計は全然持ってないんですがねえ」

その時、例のちんから、かっぽがきこえて来た。

第十一章　漬物屋

「そら来た」春木君は白い歯をみせて笑った。

外に出ると「露の家」の前に、音君も、吉も、馬車も、昨日と同じかっこうで止まっていた。

「いよー、お客さんよ、お早うさん」

「ああ、お早うさん、今日もたのみますよ」

「ああ」音君は長い顔を一段と長くして胸を張った。「まかしとけー」

「音やんよ、今日は、味噌屋から廻ろうか」

「おう、そうじゃろと思うて、ちゃんと、吉の鼻面はそっちむけたるわい」

「えらいもんやなあ、さすがは音やんや」

「け、け、け、け」私は音やんの笑い声をはじめてきいた。「そーんなもん」

「吉よ、中通りじゃ」

おかみさん、ちよちゃん、きよちゃん、やっちゃんの、さよならーを後に、私たちをのせたちんからかっぽは動き出した。

「春木というのは、珍しい名前ですね」

「ええ、よく苗字とまちがえられます」

「どうして、こんな……」

「なあに」春木君は笑った。「僕は椿の花の咲く頃に生まれたんですよ。その椿という字を分解しただけです。おやじはそういうことが好きでしてね」

なるほど、古木というのも、枯葉の枯を分解したものであった。

馬車は東一丁目を西に進み、売店の前を通り、『麦』のところを右に曲がって、中通りに出た。

中通りは、茗荷《みょうが》村のほぼ中央を北から南へ縦貫している道で、幅は大型バスがゆっくりゆき出来るぐらいあった。

茗荷《みょうが》村の道路はすべて、舗装されていない。そのかわり、砂利、砂、赤土などで、実にていねいに手入れがされている。

大たいは、村役場の事業部の建設課の方で常に気をつけて整備はしているのだが、一番大きく物をいっているのは、常やんの力であるという。

常やんは、四十歳ぐらい、この村が出来た頃に、どこからかやって来た男で、字は、自分の名前が、つね三と書けるのがやっとだが、話の方は割に出来る。

村長、古木老人、木村さんたち、村の世話人の相談の結果、通勤寮に置いて、雑役をやらせることになった。

ところが、しばらくして、古木老人が常やんの特殊才能を発見した。

「あいつの目玉は特別製じゃ」老人は役場の囲炉裏《いろり》のそばで世話人たちの顔を、一人一人念を押すように眺《なが》め廻した。

老人の大仰な身振り手振りを入れた説明によると、地均《なら》しが実にうまいというのである。これぐらいの角度にというておくと、その通り、ぴしーと均《なら》してしまう。水平にというと、まるで平衡器で測ったように、平らにしてしまう。

「水平だけではないんじゃ」老人は小さい目をぱちぱちとさせた。「かまぼこ型でもへっちゃらなんじゃ」

これぐらいにといって、手で彎曲《わんきょく》を示すと、常やんは、それをしばらく、黙って、睨《にら》んでいるそうだが、「うん」と肯《うなず》くと、もう大丈夫だという。

常やんが来てから十年近くの歳月がたった。その間、土砂降りでもない限り、常やんの姿は、茗荷《みょうが》村の道路のどこかに見られた。

常やんの道具は、一輪車、スコップ、平鍬《ぐわ》、つるはし、それに竹箒《たけぼうき》が一本である。も一つ、通勤寮の保母さんにつくって貰《もら》った弁当。これは常やんにとって最大の喜び、楽しみなのである。

常やんは、天保寺の和尚とちがって、ぼけ屋にもいかないし、その辺の家で昼飯をよばれることもしない。

その日その日の仕事の場、つまり道路のはしに腰を下ろして、ゆっくりと、自分が今なおしてきた道路の上を眺め廻しながら弁当をたべる。大体天気仕事だから雨の心配はない。

水筒は常やん自製の竹筒である。一節を切って穴をあけたもので、恐らく、放浪中につくり方を覚えたものであろう。それに、毎朝、保母さんにお茶を入れて貰《もら》うのである。弁当をたべ、お茶をのむとすぐ仕事にかかる。彼には休憩がない。妙ないい方だが、仕事がそのまま常やんにとっては休憩であるとしかいい様《よう》がないと春木君がいう。

「常やんをみていると」春木君は遠くを見るような目つきをした。「人間の幸せとは一体どういうことなのか、考えさせられてしまいます」

「なるほど」

「近頃の若い人は、仕事はとっても苦しいがと歌い、だからこそ、歌だとかレジャーをそのかわりに楽しもうという」

「生活が分裂しているわけですね」

「ええ、片方はつらいもの苦しいものであり、片方は楽しいものである、苦と楽が交互にある、ところが常やんにはそれがない…」

「苦即楽ですね」

「そういうことでしょうね、とにかく一本化している感じです。冬は寒いに違いないし、夏の炎天など堪《たま》らんでしょう。でもその苦しみがやっぱり楽しみになっているようですね、その辺がねえ……」

春木君は、「負けや」というような顔をした。しかし、この負けやという顔をしたということは、人間のしあわせとは、どういうことなのかということ、なまじっかの知恵を持って生まれたために、苦楽の矛盾に悩んでいる自分の姿、苦楽の矛盾に悩みながら、その矛盾を持ちながら、常やんの示す「苦即楽」の世界にはいることが、人間のしあわせな姿であることを知ってる証拠であると、私は見た。

その時、ちんからかっぱとのんきに進んでいる馬車の後から、すたすたと音もなく、馬車を追い抜いていく男があった。

「こらー、郵便や」音やんが大声をあげた。「のせたろか」

「あほんだら」男は振り向いた。「音の馬車なんかに乗っとったら、日が暮れるわい」

「何をくそ便、さっさと行きさらせ」

どうも、ここの住人はお上品ではないようだ。

男は返事もせずさっさと行ってしまった。その後姿をみて私は驚いた。明治時代の郵便屋というか、郵便配達夫が歩いていたからだ。黒の詰襟《えり》服、地下足袋に巻ぎゃはん、学生帽をかぶらされて、それに、どうして、手に入れたのか、大きな皮の鞄《かばん》、それには、ちゃんと赤で〒の印が入れてある。その鞄をちゃんと肩からかけて、すたすたと歩いていく。ここの住人は大体に於て、お上品な方ではないが、この村の世話人も相当な茶目老人共である。

後できいたが、この郵便屋、字は殆ど読めないのだが、郵便物の配達は絶対に間違わない。一種の特殊才能だが、字の形で覚え込んでしまうわけである。

駅者《ぎょしゃ》の音やんといい、道路なおしの常やんといい、夜警をかねた巡査といい、この郵便屋といい、この住人たちに共通している点は、自分の仕事が「おもろうておもろうて、かなわん」ということである。

そして、この事は、村長も、古木老人も、その他昨日みて来た職人たちも、すべてに共通した点で、これは茗荷《みょうが》村の持つ大きな特徴の一つといえる。

さて、今日は、はじめに農畜産加工地帯をみるわけだが、昨日のように、ていねいにみていると、又日が暮れてしまうので、中をのぞく程度で、どんどん廻ることにした。

音やんには、中通り西三丁目の角でおろして貰《もら》って、みて廻っている間に、西通り西四丁目の角までいって、そこで待って貰《もら》うことにした。

この地帯の一番南側、西三丁目に面して、細長い鉄骨スレート葺《ぶき》の可なり大きな倉庫があった。

春木君が事務所で鍵束をかりて来てくれた。

がらがらと戸を開けてみた時、ずらりとならんだ漬物樽の数に驚いた。四斗樽だけで百ぐらいあるのではないかと思った。別に、梯子《はしご》をかけて上がるような大きな樽も五つ六つあった。

それが全部漬物樽である。

中はそんなに、明るくなく、窓も高く、数も少なかった。

漬物には独特の暗さと、湿気と、温度がいるらしいが、そういうくわしいことは、春木君も知らなかった。

「ここの漬物で僕の知っていることは」春木君は笑いながらいった。「農薬を使わないで作った大根や菜っ葉を、色粉や甘味剤を使わないで、糠《ぬか》と塩で漬けてあるということだけです」

「それが、現在では、すばらしいことなんですよ」

「そうでしょうね、そうだと思います。やっぱり本物ですからね」

「その本物を、みんな心の中では求めているんですね」

「最近になって、どんどん注文が増えています。ごらんの通りです」

樽には、漬込みの年月日と、注文主の名が、何々株式会社様、何々工場様、何々学園様、何々商店様、中には何々百貨店様などというのもあった。

本物の強味である。あの、真黄色な御飯に色のつく、菓子のように甘い沢庵には、もう、みんなあきあきしているのだ。

「数は、はっきりとは知りませんが、沢庵が一番多く、菜っ葉漬けのほかに、梅干、これは上の果樹園でとりますが、それから、しょうがも漬けているそうです」

「せせらぎ漬はどうです」

「あ、あれですか」春木君は笑った。「あれは、露の家のおかみさんの趣味で漬けているので、ここにはありません」

「しかし、こんなにたくさんな漬物を漬ける時は大変でしょう」

「ええ、僕なんかも手伝いに出ます」

「ほう、研究所の先生方もですか」

「ええ、この村が殆ど総出というのは、この漬物つけと、田植えと、稲刈りと、盆踊りとでしょうな」

「盆踊りもやるのですか」

「運動場に櫓《やぐら》を組んで、大々的にやります。この地方の踊りですが、他の村からも、たくさん、踊りに来ます。五重ぐらいの輪になった何百人の人が、シャンシャンと手を叩くあの音は、ちょっと忘れられませんね」

「なるほど」

「生の迫力のようなものを感じます」春木君は戸をしめながらいった。「今年の盆踊りには是非おいで下さい」

「ありがとう、是非よせてもらいます」

「とにかく、村長も、うちのおやじも、若い時から、お祭り男といわれたほどの、陽気で、賑《にぎ》やかなこと、わいわい騒《さわ》ぐことが大好きでしてね」

春木君は、鍵束を、がちゃがちゃと振って歩きながら話してくれた。

一月の新年会に左義長、二月の節分、三月の節句、四月の花見、五月の氏神祭、七月の七夕、八月の盆踊り、十月の運動会、十二月の餅つき、それに、麦刈り、潮干狩、水泳大会、稲刈り、芋掘り、演芸大会、忘年会から新年宴会まで入れると、年中、わいわいと遊びほうけているような気がするという。

「二月の節分は大変です」春木君は楽しそうである。おやじはお祭り男だといっているが、彼自身もその血を多分に受けついでいるらしい。

「何しろ、秋田の生はげのような鬼が十五、六匹も村中を暴れ廻るんですから」

「君もその中の一匹でしょう」

「はゝゝゝ」

春木君は鍵束を大きく振り廻した。

「それから氏神です」春木君は目をきらきらと光らせた。「木工場で、松谷君が精魂こめて造った御輿《みこし》をかついで隣り村の白山神社にまいります」

「君もかつぐのですか」

「ええ、研究所、役場、農場、加工場、製材所、山林部の若い連中から、音やん、常やん、かじやの鉄ちゃん、おまわり、郵便屋まで、随分いるんですよ」

「いま頃は、みこしのかつげる若い者がいないというでしょう」

「ええ、隣りの村なんかも、全然だめで、車にのせて、曳《ひ》いていますよ」

「あれは駄目です、見られたものではない、あれなら、いっそ、やめた方がよい」

「同感です、みこしが哀れです」

「若い者も、哀れになりましたなあ」

「肩と腰が全然だめなんです、そこへいくと、茗荷《みょうが》村は強いです、来年からは、隣村のみこしもかついであげようといってます」

その時、いつの間にか中通りへ出て、菓子屋の前を通り過ぎようとしていた。甘い砂糖と香《こう》ばしい胡麻の焼ける香りがした。

第十二章　菓子屋

「ほいほい」春木君はあわてて後戻りをした。

「うっかり通り過ぎでもしたら、松吉のおかみさんに、どやされる」

菓子屋の店にはいるなり、おかみさんの声がとんで来た。

「春ちゃん、よくもどって来たねッ」

春木君は私をみて、にやりと笑った。どうです、いった通りでしょうという顔つきであった。

「つい、話に夢中になってしまってなあ」

「そりゃ、私たちより話の方が大切でしょうからね」

「はゝゝゝ」

春木君は馴れていると見えて、相手にならなかった。

「おめえ」亭主の松吉っつぁんは、おかみさんを睨《にら》んだ。「春ちゃん春ちゃんと、心安くいっちゃならねえって、いったろう。春木さんはもう、研究所の先生なんだぞ」

「だって、お前さん、春ちゃんは子どもの時分から」

「又、いいやがる」

「おじさん、もういいですよ。春ちゃんでいいんですよ。ここで先生なんていわれては、てれくさいからなあ」

「そーれ、ごらんよ。お前さんより、春ちゃんの方がずーと……」

「やかましいやい、茶でも入れろ」

「はいはい」

それでも、おかみさんは、素直に奥へはいっていった。

土間で菓子を一斗缶にゆっくりつめながら、村の住人が、にやにやと笑っていた。

松吉っつぁんは、ねじり鉢巻《はちまき》をとって、ていねいにおじぎをした。

この人は仙台の生まれ、子どもの時に東京へ出て、菓子職人になって、せんべい、駄菓子をつくっていたが、洋風菓子に押されて、関西へ流れて来て、困っているところを、古木老人の友人の紹介により、古木老人のつてで、茗荷《みょうが》村にはいった。

素朴な昔風のせいべいや駄菓子というだけで、古木老人も村長も、入村大歓迎、ここに一軒農家を貰《もら》って、おかみさんと一しょに、せんべいから焼きはじめ、今では駄菓子の方も、昔を懐《なつ》かしむ人々から愛されて、注文が段々増えてくるという。

「何しろ、皆さんに、かわいがって頂きまして」松吉っつぁんの話し振りはいかにも律義な職人といった風であった。「村長さん御自身が、この店に来られて、せんべいを焼かれるんでして」

私はきのう、村役場の囲炉裏《いろり》のはたで、よばれたせんべいを思い出した。

「そのせんべいは、ここで買えますか」

「いえ、ここでは売りませんので、村の売店の方に出しておりますから、そちらで、どうぞ」

お茶受けに出た菓子はうまかった。豆の粉を飴でねって、二ミリぐらいのうすさにしたものに、芥子粒《からし》をまぶして、ねじったものであった。

にぎやかな、おかみさんの声に送り出されて、一旦中通りに出て、少し北上し、又左にはいって、再び、倉庫や工場などの立ちならぶ地帯にはいった。

味噌、醬油、製油、燻製工場などがあった。

建物から建物へと歩きながら、春木君は楽しそうであった。

「防腐剤も色もなんにもはいっていない、本当の豆と麹《こうじ》と塩でつくった味噌、この本物のうまい味噌でつくった味噌汁が毎朝頂けるというだけで、僕は茗荷村《みょうが》を去りませんね」

「いや、全く、同感です。私も、それだけの理由で、茗荷《みょうが》村に来てもいいと思いますよ」

春木君たちも、やっぱり、大豆を煮たり、麹《こうじ》を踏み込んだりして、味噌つくりをやらされるらしい。それだけに、この村の青年達はみな、おらが味噌に誇りと愛着を持っている。又、事実、三年味噌などというものは、今の世の中では、本当に誇ってもよい貴重品である。

近頃では、まだ漬物のように市販はしていないが、それからそれへと伝えきいて、味噌や醬油、胡麻油、菜種油などもわけてくれといってくるそうである。

燻製場は、今のところ、鱒と雞の燻製だけ。

「今のところといいましたけれど、恐らく今の村長たちが居る限り変わらんでしょう」

「なぜですか」

「この村の規模では、大家畜は無理だというのです」

これは、素人の春木君には、くわしいことはわからないが、何でも牛一頭飼うには、どれだけの牧草がいる、そのためにはどれだけの土地がいると、大体の目安があるのだそうである。そういう点から割り出して、豚ぐらいは飼えるらしいが、老人たちが肉食そのものに疑問を持っているので、せいぜい、雞どまりになっている。

先ず人間は、種類的には、せいぜい人間から遠いものを食べるのがよい。

動物より植物、植物より鉱物がよい。鉱物は塩と水。それから野菜、木の実、穀物がよい。動物なら、虫、貝、魚、鳥、獣の順。獣でも哺乳類が一番近いから一番いけない。

距離的には近い程よい。だから、南極や北極のもの、アラスカ、アフリカ、南洋の島のものなどを食べるより、自分が今住んでいる土地にとれるものを食べるのが体に一番よい。

それから、季節的には、その季節のものをたべるのが一番よい。

夏には夏のものを、冬には冬のものを。近頃のように、夏に冬のものを、冬に夏のものを、珍しいとかいって食べるけれども、食道（食の道）からいって、邪道の極みである。次に、自分の手足の力で捕えられるもの、とれるものを食べるのが一番よい。鯨などはもっての外ということになる。

老人には、牛も豚も無理であろう。せいぜい雞か魚か貝ぐらいであろう。つまりそういうものが、年をとると、自然に、好きになるのも、天然自然の理《ことわり》である。

こういう、「食道」の理《ことわり》からいって、茗荷《みょうが》村の肉食の範囲は、せいぜい雞どまり、他は鱒、鯉ぐらいということになる。

「なるほど、非常に面白いですね」と、私は感心した。「でも、若い君がよく覚えていますね」

「いや、うろ覚えです」春木君は頭を掻《か》いた。「でも、あの老人共のいう食道の理《ことわり》というのは、僕も面白いと思ったので、割に頭に残っていたんだと思います」

そこで、何かを思い出して、春木君が笑った。

「よそへ行って、御馳走になる時、何でも好きなものをいえといわれると、無意識のうちに、先ず野菜料理をいい、それがだめだと、貝料理、次に、えび、かに料理、それから魚料理と、ちゃんと順を追って注文しているんですね。こわいもんです」

茗荷《みょうが》村の食べものに、ぐんと一本線が通っている。その線がどこから来ているのか、その根源を知った思いであった。

燻製場を出た横に、地均《なら》しがして、基礎のコンクリートがもう打ってある工場予定地があった。

「これは」

「ええ、いちごといちじくのジャムをつくるんだそうです」

春木君は更につけ加えて説明してくれた。この村の畜産加工は、大したことはないが、農産加工、林産加工の方は、将来大いにやるつもりらしいし、又やれるだろうということであった。

西通りを上から、さっきの郵便屋が、例によって黙って、すたすたとやって来た。

「おーい、ていちゃんよ」と春木君が呼んだ。郵便屋のていちゃんは、ぶすっとした顔で黙って近づいて来た。

「すまんがな、この鍵を、漬物倉庫の横の事務所の大塚君に返しといてくれんか」

ていちゃんは、こくんと肯《うなず》いて、鍵束を受け取ると、ぽんと、あの大きな皮鞄に放りこんで、そのまま、振り返りもせずに行ってしまった。春木君も、振り返りも見送りもしなかった。双方が信用し切っているといった様子である。

西四丁目の角に、音やんの馬車が、ちゃんと待っていた。

どうも、こんなに待たせてすまぬ気がしたが、それでも、音やんは客をのせるのが好きというだけあって、ごきげんは上々なので安心した。

西四丁目から西五丁目は、ゆるやかな傾斜面を利用した、広い畜産地帯で、ここは馬車から下りないで、周囲をぐるっと廻りながら、春木君の説明をきいた。

村の方針で、大家畜は飼っていない。今のところ、雞と兎と鱒と鯉だけである。

雞はケージで一切飼っていない。全部地飼いである。雞があしで地を掻《か》いて餌をあさっている昔懐かしい姿を、私は久し振りに見ることができた。

村人はたいてい自分のうちのそばに、数羽の雞をかっているので、肉も卵も自給自足している。雞を飼っていないうちは、村の購買部へいけば、肉も卵も燻製も市価よりずっと安く買うことが出来る。

雞は肉と卵の他に、雞糞を出す。これが大事な肥料である。農場では雞糞をつかって、化物のような玉葱をつくったりする。

兎は箱で飼っているが、ここでは食べない。全部、大学からの委託で飼っている実験用である。

ただここでは、動植物相助のおもしろいことをやっている。地飼いの雞の群の中に、兎の箱が少し高くおいてある。兎の小便が雞の羽虫の薬になる。兎の小屋のそばにいちじくの樹が植えてある。兎の小便と雞の糞で、いちじくは化物のような実を枝も折れそうにつける。その落ちた実を雞がたべて、まるまると肥える。

この畜産地帯は、全体が、整然としていない。まことに、がちゃがちゃして、くちゃくちゃした感じだが、そこに駆け廻っている雞はくりくりと肥り、羽の色はつやつやと陽に輝き、いちじくの葉は、緑の生命そのままを空中にしげらせ、兎の毛はつややかに、目の赤色はあざやかである。まさに、ここには「いのち」がみなぎっている。

この地帯の東には、鱒池と鯉池がある。水は三八川そのままの流れを使っている。この八川は東から一八川、二八川、三八川とあって、この地帯にひいてあるのは一番西側の三八川である。

何《いず》れも、上流の水源から人工的に引いた川で、熊川だけが、自然の川である。

鱒池も鯉池もコンクリートは一切使われていない。松の杭《くい》と松の板と小石だけである。

鱒池は四つに仕切ってあって、それぞれ魚の大きさが違っている。大きいのは五〇センチ近くもあった。五丁目の上の山林内に別の鱒池と稚魚の飼育場があるという。ここは、山の奥に湧水があって、その水温が低いので、養鱒に適しているのである。

鯉は全部錦鯉であった。池をたてに何本かに仕切って、それぞれ大きさの違ったのが入れてあったが、何《いず》れも、可なりな速さで水が流れているので、鯉は常に上流に向かって動いていなければならなかった。

これは鯉に適当な運動と、新鮮な水を与《あた》えることになって、その発育はすばらしく、その色はあざやかであった。中には一メートル近いのもいた。

一匹何万円もするのもたくさんいるそうで、全部市販している。近頃は鯉ブームで、ここから上がる金額は相当なものだという。

又、町で疲れた鯉を引きとって、この新鮮な水と運動によって、再び元気な鯉にする、いわば鯉の病院のような仕事もしているそうである。

この畜産地帯は村の直営でやっている。指導員が七人程いて、それに、ちえおくれの子どもたちが、十五人ほど、通勤寮から通って来て、手伝っている。

中央南よりに、この地帯の事務所があって、ここで、畜産の研究も管理もされており、交替で宿直もしている。

この村で、鯉の飼育をはじめさせたのは古木老人で、老人は若い時から錦鯉が大好きであった。

現在では稚魚を買って来て育てている段階だが、将来は孵化《ふか》からやり、規模ももっと大きくしたいと考えているそうである。

「あひるはどうです」

「ああ、やがては飼うでしょうね、おやじは、あれは雛より神経質やないでええなどといってますから」

「やっぱり放ち飼いでしょうな」

「そうなるでしょうね」

春木君は中通りのつき当たり、西五丁目の角で馬車をとめさせた。

「どうです、ここからですと、大体、村が見下ろせるでしょう。何かごらんになって、気がつきますか」

「さあて」

私は春光に輝いている村を眺め廻した。その中《うち》に、きらきらと光をはね返している池の多いことに気がついた。

「池が多いですね」

「そうです」春木君は、にっこりした。「養魚池は別として、村中に大小混ぜて、ちょうど十あります」

そのうちの一つに、古木老人のところの枯葉をくさらせる池があるが、他は全部防火用水池である。

村長も古木老人も、若い時分に火事にあったことがある。そのせいか人並以上に火事をこわがる。

村に小さいながら消防ポンプ車を持っているし、役場の若い連中が、いつでも出動出来るように、普段から訓練されている。

水源としては防火用水池と、熊川が、大体橋の近くは、どこも堰《せ》きとめて水がためられている。それと、簡易水道だが、水源池が高いので、水圧は強く、村のところどころに消火栓も立ててある。

「家もよくみて下さい。大体、一戸ずつ、離して建ててあるでしょう」

春木君は指さした。

倉庫とか車庫のような、耐火建築はくっつけて建ててあるところもあるが、普通、人間の住んでいる建物は必ずといってよい程、他の家と離してある。

これは延焼を防ぐためだし、家の周辺に燃えやすい木だとか、背の高い木を植えさせないようにも配慮されている。

家の周囲が空地になるので、そこに菜園をつくらせている。大体、その家で食べる野菜は自給をたて前としている。

土地にとっても、いろいろの野菜を少しずつ混ぜて栽培するのは、よいことなので、この方法をとると、土地が疲れない。

広い土地に同じものをたくさん栽培すると土地が疲れるのだが、止むを得ず、村の農場では、大根など漬物用のものは大量につくる。しかし、出来るだけ、小さく区切って、混ぜてつくるように心がけてはいる。

「あそこにプールが見えるでしょう」春木君は目を細めて指さした。「あれも、プール、プールといっているけれども、老人たちの頭の中では、防火用水池ですね」

「まだありますよ」春木君は私を振り返って笑った。「毎晩十時になると、有線放送で、ガスの元栓は閉じたか、電気のスイッチは切ったか、かまどの下をのぞいたか、囲炉裏《いろり》の火は大丈夫かときいてくるのです」

「なるほど、念が入ってますね」

「毎晩かかさずですから、大変です。これがなると、ああ十時だなと、村の住人は思います」

「それでは、火事はないでしょう」

「ええ、村が出来て、十年ぐらいになりますが、まだ、一度も火事はないそうです」

「放送もいいけど、停電の時はどうします」

「発電所があります」

「発電所?」

「ええ、小さいけれど、この山道のずっと奥に、湧水を利用して、発電しています」

「何と」

「年寄りは苦労していますからね」

五丁目から上は山である。この辺は雑木林だが、奥の方へ行くと、ちゃんと専門的に計画的に植林されている。そこへは、ジープかヘリコプターか、徒歩でないといけない。

この村の『植林』にかける熱意は大したもので、『木を大切にする、弱い人を大切にする、職人を大切にする』という村是は如実に実行されている。

「山火事には、とっても、注意しています」春木君は語調を強めた。「だから煙草のみは、一切、山仕事には使いません」

「ほう」

「焚火厳禁です」

「なるほど」

「擦《す》れ合って自然発火しないように、枝打ちなどもやかましいのです」

「そうでしょうね」

「まだあるんですよ。ヘリコプターに水槽をとりつけて、空から水をぶっかけることも考えているらしいです。今、おやじが、その設計をしているそうです」

昨日、枯葉小屋で、老人が、大きな机の上で、背中を丸めて、けんめいに何か書いていたのは、或いは、その設計図であったかもしれない。

山林部には、常時、大体二十人ぐらいの人が働いている。そのうち五人ぐらいは、ちえおくれの者がはいっているのだが、働いている時など、殆どわからないぐらい、仕事にも、仲間にも、慣れ、融け込んでいるという。

やはり、こういう、実地で鍛えると、実にしっかりして来ると春木君は感心していた。

この山林もびっくりするほど安く買ったそうだ。勿論、製材の木村さんの力倆、顔もあるが、終戦後、特に近頃は山の手入れが出来なくなってしまった。以前は来ていたアルバイトの学生たちも、近頃では町でけっこう高給の仕事があるので、こんな山の中までやって来なくなった。

農家も、燃料は楽なプロパンガスになってしまって、まきをつくるの、柴を刈るのというような労働はしなくなってしまった。

従って、下草刈りは出来ず、山は荒れ放題、良材は育たない。そんな山を持っていても仕方がないというわけで、嘘のように安い値で、茗荷《みょうが》村は三十町歩ぐらいの山林を手に入れることが出来た。

それから十年、たゆまぬ努力で、下草はきれいに刈られ、枝打ちもされ、林道はつけられて、今では、大体どこへでも、ジープで行ける。

「今はまるで公園ですな」と春木君はいう。「それに野鳥も多いし、夜明け前の鳴声はすばらしいです。是非又、野鳥の声をききに来て下さい」

茗荷村《みょうが》をゆっくり味わうには、二、三日はかかるなと思った。

「野鳥の声で思い出しましたが、野鳥の声をきくなら、山の宿です。これからいってみましょう」

馬車の中で、春木君は、野鳥を育てるためには、植林の山だけではいけないので、雑木山がいる。それで、村に面した斜面は全部雑木にしてある。そこで野鳥が育って、虫を食ってくれるのですと話してくれた。

馬車は右に農場を見下ろし、左に山林を見上げながら、東五丁目の道を東に進んだ。

農場も、この辺は六区、七区で果樹地帯である。いちじく、梅、柿、何《いず》れも若葉の出たとこ、山も畑も、小さな新芽から、みなぎるようないのちを吹き出していた。

いちじくは生、ジャム、梅は殆ど梅干し、一部梅酒。柿は生と干柿で食べる。しかしまだ果樹の栽培は充分ではないらしく、空地が相当にあった。この部はこれからの仕事である。今のところ、梅干しが一番大きな収入らしい。

第十三章　山の宿

山の宿は五丁目橋のたもと、雑木林の中にあった。藁屋根の農家をそのまま使ったもので、南側の縁から、村全体を見下ろす眺めは素晴らしかった。

この宿の主人は五十歳ぐらい、僧籍にあった人で、今は彫刻をやっている。色の白いまことに柔和な人である。

「彫刻って、あんた、はゝゝ」と頭を掻《か》く。主として、詩集などの挿絵にする版画を彫るが、それだけでは食べられないので、木彫りのペンダントや帯止め、ブローチなどをつくる。この方は、まあ、事業部でやる展覧会では、よく売れる。

「けど、高い値を、ようつけまへんのでなあ。はゝゝ」と又頭をかく。

結局、それでも食べられんので、家の裏の山で椎茸《しいたけ》つくりをはじめた。これが、よく出来るし、だんだん売れるようになった。

「結局、椎茸《しいたけ》にくわして貰《もら》ってる彫刻家ですわ。はゝゝ」と頭をかく。「椎茸《しいたけ》は村の売店で売ってますさかい、お帰りに買うて帰っとくれやす。はゝゝ」と、今度は、本当に照れ臭そうに頭を掻《か》いた。

仕事場をみせて貰《もら》った。縁側に面した六帖の間で、障子のそばに小机が一つ。その上に彫りかけの版木やブローチなどがあった。

絵は細い線や点の多い、幻想的なせん細なものであった。まことにつつましい仕事場で、それが障子を通すやわらかな光の中に、ふんわりと包まれていた。

ここで、改めて、日本家屋に於ける障子というものの美しさ、やわらかさ、を見直した気がした。

「お客さんはどうです」と春木君が問うた。

「宿の方ですか。さっぱりですな、はゝゝ」

「全然？」

「いや、まあ、時々ありますけどなあ。露の家さんと違うて、こんな山の中へ泊りに来る人は、よっぽど、淋《さび》し好きですなあ」

「淋し好きか、なるほど」

「けど、一ぺん、泊った人はまた来ますな。そして、そういう人は一泊やのうて、長逗留《とうりゅう》になりますわ」

「ぽかんとしてるんですか」

「そういう人もありますけど、原稿書く人も時々ありますな」

「そら、静かでいいでしょうな」

「ところが、余り静か過ぎて、落ち着かんという人もありますな。人間ちゅうもんは、ぜいたくなもんですわ、はゝゝ」

奥さんが裏山から帰って来た。竹籠には大きな椎茸が一ぱいはいっていた。

「あ、春木君、ちょうどええ。椎茸焼く。お客さんも一しょに、お昼たべていって」

「いやー、しかし、悪いですなあ」

「そんな、うちへ来て遠慮はいらん。音やんも呼んで来て、寺の木人坊主も来よるし」

「へえ、和尚が来ますか」

「ああ、今日はひる行くでと朝ゆうて来よった。あんた、和尚と一しょにごはんたべるのん久し振りやろ」

「そうですな、近頃は、ぼけ屋でも会わんし」

「そんなら、久し振りに、みんなで、おひる一しょにたべよう。何にもないけどな」

宿の主《あるじ》は、急に、いきいきとして来た。淋《さび》しがりやで、人が集まるのが嬉しいのであろう。

奥さんが手を洗って、挨拶に来た。これもふくよかな、やさしそうな婦人であった。

台所の方から、椎茸をやく、何ともいえぬいい香りがただよって来た。

昼食の仕度は早かった。要するに、椎茸を焼くことと、朝の残りの味噌汁をぬくめるだけの事であったのだ。

囲炉裏《いろり》のまわりに箱膳が五つならべられていた。私と春木君と、音やんと、木人和尚と主人の分である。

木人和尚は来なかったが、別に待つわけでもなく、さっさと食事ははじめられた。

味噌汁は朝つくったものに、新しく青ねぎが刻みこまれていた。こういう味噌汁は私にははじめてではない。若い頃、大徳寺に遊びに行っていた頃、朝大鍋につくった味噌汁を、昼も夜も、なくなるまで食べる。ただ、その時々に、ありあわせの野菜を刻み込む。よく馴れた味噌と新しい野菜とのかもし出す微妙な味をよく覚えている。

今、はからずも、この山の宿で、大徳寺流の味噌汁をよばれて、昔、寺の台所の板の間で、小僧さんと一しょに食べたあの時の光景が懐かしく思い出された。

椎茸は、香りよく柔らかく、ぼったりと厚く、植物というより何か動物の肉をたべているような感じがした。

それから、主人も何もいわなかったが、まことに珍しいものが出た。それは野生のわさびの新芽のしたしであった。

これは私も生まれてはじめてのものであった。この時よばれた、新鮮な、ぴりっとした、山の精のような味は、いまだに忘れることができない。

後は古沢庵と、麦飯。

そして、「お粗末です」とか「何もありませんが」とかいうお世辞も一切なく、淡々としたこの夫婦の態度も、実に気持がよかった。

一杯目の御飯をたべおえた頃、木人和尚がやって来た。

「おー」と間のびのした声がしたかと思うと、台所ののれんをわけて、青々と剃った坊主頭がぬっとつき出て来た。大きな頭であった。脳水腫かもしれんと思った。

客が多いので、びっくりしたらしく、目をぱちぱちとさせたが、すぐ、大きな体をあらわして、皆を見廻してから、にこっと笑って「こんちわー」といった。

その「こんちわー」が、いかにも幼い子どものもので、私は余りのかわいさに、つい釣り込まれて、笑いながら「こんちわー」といってしまった。

和尚はどんどん上がって来て、春木君と音やんの間に置かれた膳の前に坐ると、ちょっと手を合わせて、何かぶつぶつといったかと思うと、ぱっと、あぐらをかいて、衣の袖をまくると、黙って、茶碗を奥さんの方に、差し出した。

天保寺木人和尚も、ちんからかっぱ馬車の馭者音やんも、その食べ方の早いこと、大体茶碗一杯が三口である。ごはんは何杯たべたかわからない。味噌汁を三杯ほどかえて、番茶を三杯ほど飲んで、坐り直すと、手を合わせて、又ぶつぶつ言うと、立ち上がって、土間に下り立つと、こちらを眺めまわして、にこっと笑うと「さいならー」といって、さっさっと出て行ってしまった。

音やんも、坐り直して、「ごっつあんです」というと、さっさと出ていってしまった。

何れの方々も、さっぱりしたものである。

この夫婦には子がない。一人でも村の子どもさんをおせわさせて貰《もら》いたいが、その甲斐性がのうてと夫婦はいうが、村長さんは、いや、木人和尚がりっぱにせわになっている、それでけっこうやといっているそうである。

事実、和尚の頭は毎朝、ここの主人が剃ってやるのだそうである。洗濯は奥さんが引き受けている。食事も時々やってくるとたべさせる。

それに、昔の村の人たちが、墓参に帰ってくる時には、木人和尚だけではどうにもならんので、主人が、昔の古い衣をひっぱり出して、仏説阿弥陀経と観音経ぐらいあげてあげると、村人たちは心から喜んで帰るのである。

この次に来た時は、ぜひ泊めて貰《もら》うと約束して、山の宿の主人夫婦と別れた。

五丁目橋を渡るとすぐ天保寺である。寺に和尚はいなかったが、あけっぱなしの寺の中も、寺の後の墓地もまことに、きれいに掃除は行き届いていた。

掃除は木人和尚の最も好むところで、この点昔の印度の周利槃特さんそっくりである。ひょっとすると、木人和尚の墓からも、茗荷《みょうが》が生えてくるかもしれない。

東五丁目の突き当たりの山の傾斜は一面の栗林である。毎年四斗樽に十杯もとれるそうだ。近頃は町でも珍しがられるので、市販もされるが、大部分は購買部で安く売られて、おやつや、栗飯となって、村の住民の腹にはいってしまう。

ちんからかっぱは東通りを右に折れて、今までとは逆に南に下りることになる。

この辺は、熊川が最も東に寄ったところで、東通りからよく見える。この川は自然のままの岸を持っている、今時珍しい川である。

水量は、上流の山の中のダムで調節されているから、雨が降っても降らんでも、年中余り変わらない。

老人たちが、ここに茗荷《みょうが》村を開設しようと心を決めたのは、奥深い山林と、そこから流れ出る熊川の豊かな水量と、更に山の中に湧く良質の冷たい水と、要するに『水』があったからであるといってよい。

一八川は農場の七区、五区、四区から、住宅二丁目、住宅一丁目と下がって、熊川にはいる。

二八川は、農場六区、三区、二区、一区を流れて同じく熊川にはいる。

三八川は、畜産地帯、農畜産加工地帯、産業地帯、役場の裏を流れて、一旦村の前に出てから、熊川と合流する。

一も二も三も、この八川はすべて人工の川である。

川、堀割、池、プール、水源池と、この村の水に対する心遣いは大変なもので、周到を極めている。

農場一区、三区、四区あたりの熊川畔に石がきれいにならべられているのが、ちょっと奇異に感じられたので、春木君にきいてみたら、以前、そのあたりにあった農家を、とり潰《つぶ》した時の土台石だそうで、先人の労苦を偲《しの》び、廃村にして出ていった人々の心をいたむつもりで、川畔にならべたのだということだ。

今は昔のおもかげはなく、一面広々とした畑である。

五区は、そば、大豆、四区はきびとか小豆、三区からは麦、じゃがいも、玉ねぎ、大根、かぶら、いちごなどである。一区は水田で米。もう又田植だが、田植は村の若い女の子たち総出で、露の家の女中さんも、『麦』のウエイトレスも、役場の女事務員も、織物屋の織子さんも、みんな楽しみにしている年中行事の一つである。

「とにかく」春木君はいう。「ここにいると何でも覚えるんですよ」

それぞれが専門を持っているわけで、それで飯を食っているのだが、それ、田植だ、それ茶摘みだ、それ山の下草刈りだ、それ漬物漬けだ、味噌の仕込みだ、山の杉苗植えだ、農産物の収穫だと、いろんな事に狩り出される。

「研究所のカメラマンでも、味噌のつくり方、漬物の漬け方、杉苗の植え方など、みな知っています」春木君は笑いながらつけ加える。「まあ、とにかく、みんなが一しょに生きているという手ごたえというか、そんなものを感じさせる、面白いところですよ、ここは」

東三丁目から四丁目へかけての、東の山の傾斜の茶畑も、何年か前に、春木君たちの村の青年が苗を植えたものが、今はりっぱな茶畑になって、村で使う茶は全部自給出来て、まだ、残りは市販出来るそうである。

「ここのお茶はうまいんです」

「土地が合うんですか」

「ええ、地下水が浅く流れているんです」

「ほう」

「茶の木というやつはぜいたくなやつで、自分で、ひげ根を伸ばして、栄養を吸収しようと努力しないで、ずぼんとごんぼ根だけで立っていて、流れてくる地下水から栄養をとるというわけで、地下水がどんどん流れてくれるとよいわけです」

「なるほど」

「だから、地下水の多い、傾斜地はよいわけで、平地茶は三割安といわれるのは、そういうところから来ているのです」

「ほう、これは、見直した、くわしいもんですなあ」

「いやー、年寄りの受け売りです」春木君は頭を掻《か》いて笑った。

「ここにおると、いろんなことを覚えるんです、はゝゝ」

そばも、老人共が、そばがきをたべたくて、つくりはじめたのだが、若い連中もけっこうたべたがって、だんだん増産ということになって来て、そのうちに、本物のそばを打って売ろうという意見も出ているという。

「こういう村にいると、若い連中もだんだん変人になってくるんですな」

「いや、変人だから、こういう村にやってくるんじゃないですか。もっとも、あなたなんか、お父さんが大変人だから、素質的に赤ん坊のときから変人なんかもしれませんな」

「あっはゝゝ」

春木君は吉がおどろいて、首を振った程大声で笑った。

そして、そば粉もこの頃、けっこう買いに来る人がいるそうだ。

いつの間にか、茗荷《みょうが》村の名が世間に知れて来て、あそこへ行けば、昔のものが、何でもあるというように思われているらしいという。

大豆はこの村特産の味噌の材料だ。

きびは、ちょっと、近頃の人は知らない人が多いだろうが、これでつくった団子《だんご》のうまさは、何にたとえんといいたいぐらいである。私も父親につくって貰《もら》ったことがあるが、これなら、雉や猿や犬でなくても、桃太郎にでも何にでもついて行きたくなるぐらいうまいものである。

そういうことをちゃんと知っているところに、老人の値打ちがある。

小豆は菓子屋にも使うが、村全体としてもよく使う。何しろ村長も古木老人もお祭り男といわれるぐらい賑《にぎ》やかなことが好きだから、何かいうと、すぐ赤飯をたけ、ぼた餅をつくれと来るから、小豆はいるのだ。

麦は、村全体が麦御飯だから可なりいる。小麦は菓子屋の原料。将来は、パンやうどんもやりたい気持を村の事業部は持っている。

いちごは生でも食べるが、殆どジャム用。大根、かぶらは漬物用。特に沢庵用の大根はたくさんつくる。その他日のもつ、玉葱、じゃがいもは、村人にも売れるけれども、大部分は市販する。

米でおもしろいのは、近頃、玄米を買いに来る人がぼつぼつ増えていることだ。何につかうのかというと、肥満止め、つまり、肥り過ぎないように、肥り止めの薬につかうわけだ。玄米をたべると、体力が衰えないで、確実に痩せるという。玄米も薬用になるとは時代も変わったものである。しかし、薬で痩せるよりは確かにいいことである。

茗荷《みょうが》村の作物は、全然農薬が使ってないということも、漸次需要が増えて来ている原因の一つであるというが、これは嬉しいことである。

東三丁目から二丁目の間、熊川から東側は全部住宅地帯である。一丁目までにも、男子独身寮、通勤寮、老人ホームがあるが、残りは全部住宅である。

住宅には四種類ある。一つは、この村に仕事を持っている人である。例えば、製材所の木村さん夫婦とか、研究所、役場に勤めている人で世帯を持っている人たちである。

次は、この村の外に仕事を持っている人と、外で何かを勉強している人とである。

外で働いている人は、この村の雰囲気が好きで、こういうところに住んで、ちえおくれの子らと接触して、お互いに、何らかの刺激を与《あた》え合うという間柄である。こういう人は村に応分の村税を出して、応援もしているし、その他いろいろな面で、それぞれの能力によって、有形無形の協力を村に対してしている人が多いのである。

外へ勉強にいっている人、これは将来、村の仕事をする人で、例えば、今染物を習いに行っている島村さん夫婦も、やがては、この村で「そめもの屋」をやる計画である。その他、研究所員で、ちえおくれの子らの遊具の研究に外国へ行っている人もいる。

第三は、外へも出ていないし、中で仕事も持っていない隠居夫婦が多い。金もあるがこの村が気に入った人たちで、こういう人は大てい自分で家を建ててはいる。勿論村の方針で大きな家は建てさせない。みなこじんまりした質素なものである。

この人たちは、それぞれの好みで、昼は、畑へ行ったり、鯉や雞のせわを手伝ったり、やきもの屋へいって、子どもたちと一しょに、ひねりをたのしんだり、奥さんの中には、売店に手伝いに行ったり、おりもの屋で、結び織を習ったりしている人が多い。

中には常やんの真似をして、道直しをぼつぼつとやるおじいさんもいるし、家の囲りに一ぱい花をつくって、それを村中の家に配って歩くのを楽しみにしている老夫婦もある。みんなそれぞれ村税は払っている。

家は、自分で建てる人と、村で建てたのを買う人と、村の家を借りている人とがある。今のところ、十二、三軒あるが、もう少しならふやせるそうである。

そんなことを話している時、急に春木君が大きな声を出した。

「あ、いたいた、福井先生がいたぞ。おい、音やん、見えるか」

「どこじゃい」

「ほら、あの田んぼの畦のとこよ」

「うん、おるおる」

「ちょうどよかった、福井という農場主任に会ってみて下さい。音やん、たのむぞ」

「よしきた。おらあ、福井先生大好きじゃ、一ちょう、走ったろかい、そらッ」

いきなり吉が走り出したので、私は、危く後にひっくり返りそうになった。

ちんからかっぽが、かぱかぱかぱかぱと軽快な音をたてて、東二丁目を西に向かって走った。道はまことにきれいに整備されているので、とび上がって、天井のカンバスに頭をぶっつけるというようなことはなかった。まことに快適で、西部劇中の人物になったような気持になった。

第十四章　老人ホーム

売店

劇場

二丁目橋を渡って、少し行ったところで、音やんは馬車を止めた。吉はもう少し走りたいらしく、不足そうに鼻をならした。

春木君が馬車からとび下りるので、私もつづいた。畦道を一区の中央の方へ進んでいくと、畦に三人の男が草を刈っていた。田植前の草刈りであろう。

その時、土の中から音楽がきこえて来た。と思ったが、そんな筈がないので、空耳かと思った。しかし、やっぱりきこえてくる。

思わずきょろきょろと、あたりを見廻した。

「どうかしましたか」と春木君がきく。あんまりばかばかしいことなので、「いや、別に」と答えたが、音楽は消えるどころか、ますますはっきりときこえてくる。西洋音楽である。

「ふしぎだなあ」とうとう私は口に出した。「音楽がきこえるんですよ」

「ああ」春木君はにやりと笑った。「土の中からでしょう」

「えッ」

「いやいや」春木君はすたすたと歩いていって、草むらの中から、小さなトランジスターラジオをつまみ上げた。「これですよ」

まことにまことに私はがっかりした。しかし、土の中からきこえてくるとしか思えなかった、あの微《かす》かな楽の音の何と幻妙であったことか。

こうして、私は農場主任の福井先生に紹介された。

先生は二人の子どもたちと鎌で草を刈っていた。今の時代に、余りのんびりし過ぎているように思えた。

「あの、モーターの草刈り機は使われませんか」

「はい」

「どうしてですか」

「好きませんだでな」

「なぜですか」

「なんでもですわな」

この「なんでもです」という返答は子どもそっくりで、私は思わず笑ってしまった。

やっと先生が体を起した。一メートル七十センチ以上はあろうと思われる長身である。よくもこの長い体を、くにゃくにゃと小さく折り曲げて草を刈っていたものである。体の柔らかさに驚いた。

も一つ驚いたのは、何ともはやきれいに草が刈られていることである。そして刈られた草は、一握りずつ、一定の間隔できちんとならんでいた。

「あの草刈り機りでぶっとばされては、草も喜ばんであんしょうなあ」

福井先生は若いのか年寄りかわからんような顔をほころばせた。

「でも時間がかかるでしょう」

「ええ、それは晩げでも補いますだで」

「夜、くらがりで、刈れますか」

「はい、目つぶっとっても同じことですわな」

どうも、この村の、このへんの人になると、普通では太刀打ち出来ないようである。

福井先生の草刈り好きは有名で、とにかくそれが好きで好きでたまらんらしく、預かっている五人の子どももいつの間にか感化されて、ひまさえあれば草刈りをするそうである。

その刈り方はまことにていねいで、畦に一本の『地ぼけ』があっても、それはきれいに残されている。

「何しろ、草を一本一本刈ってるみたいなもんです」春木君はトランジスターラジオを叉つまみ上げた。「夜でも、畦の方から、音楽がきこえて来たら、そこに福井先生がおるということです」

「百姓は草刈りからですわな、百姓が、草刈りをいやがり出したら、畑はだめだでなあ」

「茗荷《みょうが》村の農場の特徴は何でしょう」

「さあ、人間も含めて、天然自然との調和を破らんちゅことであんしょうなあ」

「人間も含めて?」

「はい、人間だけが、えらそうにせんと、一しょに仲間に入れてもらうちゅうことですだ」

「仲間」

「はい、作物も土も、鳥も虫もみんな一しょだで」

「ええと、それは、例えば」

「はい、先ず、農薬を全然つかわんちゅうことで」

福井先生の説によると、農薬を使わないで、堆肥、厩肥、下肥、緑肥など、自然の肥料を使う。

そうでないと、地力が低下する。やはり土も大切にしなければいけない。作物さえとればよいというものではない。

自然肥料で露地に栽培しないと、花も野菜も、その独特の香りを失ってしまうし、野菜もビタミンがなくなり、繊維と水だけの化物になってしまう。野菜をたべた後で、ビタミン剤を飲まねばならぬという奇妙なことになる。

農薬をつかうと、虫が死に、そのために小鳥が死ぬ。その結果、果物の花粉を人間が毛筆でつけてまわらねばならぬというようなことになる。

やはり、蜂も蝶々も必要なのである。

自然は、何かが増え過ぎると、ちゃんと天敵が出て、その繁殖を抑えるように、調和を保つように出来ている。

その自然の調和に、人間も順《したが》うのだ。人間だけは別だと、傲慢《ごうまん》になって、調和を破ると、いつか必ず、そのしっぺ返しが来る。

もう、今の日本列島には、その徴候が見えている。

人間が土の上に住み、地下水や雨水を飲み、空気を吸い、作物や魚を食べている以上、土や水や空気や植物や動物の大きな自然の調和の中に、人間も同じようにはいるべきで、人間だけがえらい、他のものは、人間のため奉仕するためにつくられてあるという、そういうヒューマニズムは好かんと福井先生はいう。

「人間が、あんまりのさばっとると、天敵が出て来て、人間をやっつけますわな、公害なんちゅうもんも、一種の天敵とちがいますかいな」

そうやって、しゃべっていながらも、福井先生の手はせっせと草を刈っている。うしろの二人も黙々として草を刈っている。

福井先生は鳥取の産。若い頃精薄施設に勤めていたが、その頃同じく精薄施設長をしていた古木老人のところへよく遊びに来た。

草も木も石ころも虫も鳥も人間も一しょやという考え方が、福井君と古木老人、年をこえて一致、うまが合うというのか、老人は福井君を愛し、福井君も老人を慕った。

彼がやってくると、老人は、菓子などの残りを全部一つの箱にうつして、ごちゃまぜの残りものばかりを与《あた》えた。

「おい、又、掃除してくれや」

「はい」

「君が来るとええわい。もったいないことせんでええでのう」

「はい」

「君もええことしとるんじゃぞ」

「はい」

返事をしながら、福井君は、ぱくぱくと箱の中のものを片づけていく。すっかり食べ終ると、ごろりと横になってぐっすりと眠ってしまう。

それからがことで、ブッブッと大きな音をたてて、屁をひりはじめる。

「まあ、残りもんをすっかり掃除さしたんじゃから」と老人は苦笑いする。「屁ぐらい、しようがないわい」

「でも、こいつの屁は、臭うないじゃろが、そこが、こいつの取柄じゃ」

老人はまるで、自分の屁のように家族にいいわけをする。

屁をひってる御本尊は何も知らない。

家族は彼に「不知屁の君《しらぬへのきみ》」という綽名《あだな》を奉った。

古木老人が茗荷《みょうが》村をはじめたときいた彼はさっそくとんで来て、入村を乞うた。そして農場主任となり、古い廃屋のとりこわしから土台石の取除き、草ぼうぼうの畑をもとの畑にかえす仕事から、新しい区画、堀割など、五年程の間に、見違えるような現在の七区画の農場につくり変えてしまった。そして、不思議なことに、いつそれが出来たのか、村人はその変化に気がつかなかった。何だか、昔から、もともと、そうであったような気持を皆が持っていた。

一メートル七〇以上もある彼の長身が、土の中に沈みこんでしまったように、いつどこで、何をしているのか、村人には、さっぱりわからなかった。

だが、畑には、いつの間にか、青々と作物が出来ていたし、畦は、いつも散髪したての頭のようにきれいであった。

一町歩以上の農場を、五人の子どもたちと悠々とやりながら、家庭菜園にも、まめに顔を出して、親切に指導をした。

古木老人のところへもよくやって来た。

「君はいつ寝るんじゃ」

「ちゃんと、晩げにゃ、寝とりますけん」

「ふーん、化けもんみたようなやつじゃのう」

「先生も、ええかげん、人間離れしとりますがのう」

「けど、寝てから屁はこかんぞ」

「ありぁ、こいとっても、知らんけん。先生だとて、こいとっても知らんだけですだいな」

「そんなこといって、二人で、わはわはと笑うんです」と春木君はいった。「それから珍問答がはじまります」

「どうじゃ」と古木老人がまじめな顔をしてきく。「大根は近頃高いか」

「いや、ただですだ」

「ただじゃと」

「はい、大根はただ、金は、ありぁ、人間の手間賃ですだ。大根はただですわな。誰が、畑へいって、大根お前はなんぼじゃい、そうかそうか、なんぼか、というて、銭を畑へ埋めて帰るやつが、おろうかいな」

「うーん、そらそうじゃ」古木老人は、我が意を得たりというように、にたりにたりとしはじめる。

「そういや、鯛もただじゃのう」

「そうですがな」

「誰が、海へいって、はい鯛の代金ですというて、金の二千円も、海に放り込むかいのう」

「そうですがな」

「そうすると、人間は、何でも、もとは、神さんから、ただで貰うとるちゅことじゃのう」

「そうですがな」

「水まで、水道代というて、とりよるがのう」

「そうですがな」

「けど、空気はまだ、とっとらんのう」

「いや、そのうち、とるようになりますけん」

「これは富士山五合目の空気です、これは信州上高地の空気です、一立方メートルなんぼじゃとかいうて」

「八丈島あたりのはええじゃろ」

「そうであんしょうなあ。そのうち、ガスみたように、良い空気をパイプで送ってくるようになりましょうで」

「あほらしい、そうならんように、食い止めにゃ」

「そうですがな」

「茗荷《みょうが》村の責任は重且つ大じゃ」

「そうですがな」

「あほう、そうですがなばっかりいうとらんと、早ういって、草でも刈って来い」

「ほいほい、先生も、早う枯葉でも拾いにいきなはれや」

春木君は口真似もうまくて、まるで、二人がそこで、しゃべり合っているように思えた。

「こういうぐあいに、最後は、あほうで、別れることもありますが、時には、何にもいわんと、二人で、黙って、にやにやしていることもありますね」

「それでもいいのですね」

「ええ、お互いに心の中で、しゃべり合っているようです。まるで、現代版の寒山拾得ですな」

「なるほどねえ」

「年は親子ほどに違うんですがねえ、うまが合うというのか、おやじも口が悪いから、あほうとか、あほんだらとかよくいいますが、腹の中では、心から、福井先生を尊敬しているようです」

私は古いかもしれないが、近代化された日本にも、こういう人間関係を残しておきたいと思った。

「福井先生は、独身ですか」

「ええ、しかし、近く結婚するそうです」

「ほう、お嫁さんを貰《もら》うのですか」

「いいえ、養子に行くのです」

「養子？」

「ええ、あの人は、そういうこと、何のこだわりもありません、好きがかんじんだいなあといって、笑っています」

また一つ、あたりが、さばさばしたようである。

急にたたみの上で、横になりたくなったので、馬車を露の家にやって貰った。春木君と二人、例の離れに案内された。音やんは帰ってもらった。もう、そこからは歩くつもりである。

音やんは少し残念そうな顔をしながら帰っていった。

ちよちゃんが、大きな土びんに番茶を入れて、お茶受けには、松吉さんとこでつくっている「駄菓子」を持って来てくれた。

畳にすすけた天井、番茶に駄菓子では、そのまま、子どもの頃のふるさとだが、私のような年配者はそれで、懐かしがって、喜んでいるけれども、若い人はどうなんだろう。

「まあ村の若い連中も」春木君はちょっと考えるように首をかしげていった。「大体に於て、この村の考え方に賛成してるんじゃないですか」

そういう村の姿を承知の上で、或いは、承知以上に、賛成し、喜んで来ているから、大体に於て賛成だといえると春木君はいう。

特に、村の賢愚和楽というか、賢と愚の区別が、賢愚の差はあるが、その差が、大らかに受けとめられていて、別はないという底流的な考えが、大きく流れている雰囲気、差あって別なしという考え方と、そのあらわれには、若い者も文句なしに賛成している。

又、時代劇的な茶目っ気も、現代の施設やコロニーを含めた社会の姿への反発、抵抗のあらわれとして、老人たちの気持を汲み取っているから、反対はしていない。

又、農作物や畜産、その加工についても、天然自然の方法をとっていることを、むしろ肯定している。

つまり、現在の茗荷《みょうが》村の姿については、先ず、若者たちも、賛成していると考えてよい。しかし、茗荷《みょうが》村と現代社会とのもろもろの食い違いが、これから先、どんな形をとって、進んでいくか、茗荷《みょうが》村の考え方が、社会へ浸透していく前に、茗荷《みょうが》村の孤立化と衰亡が来はしないか、そういう不安が、青年たちの心の中に無いとはいえない。

老人たちは、やってやったぞという気持で、御機嫌で死んでいくだろう。後に残された青年たちは、今後、この村の経営を、具体的に社会との接触を保ちながら、どのように進めていくか。大きな課題だと春木君はいう。

藁屋根一つにしてみても、今は懐古的な意味で、珍しがられ、大事にもされているが、さて、いつまでもあるわけではない。やがて朽ちてしまう。

その時、これが復元出来る人がいるだろうか、どうしても藁でなければならないなら、苦労してでも、それの出来る人を探し出して、その技術を伝承しなければならないだろう。

若しも、必ずしも藁でなくても、藁屋根の持つ良さが、分析され、それが他のもので代用されて、藁屋根の持つ良さが、機能的に再現されるならば、その方面の研究と実現に努力が払われなければならないだろう。

そういう意味では、古木老人の家などは、日本の風土に適応した木材を使用しながら、いろいろと珍しい工夫をして、従来の家屋の形なり考えなりを破っている点、参考になるかもしれない。

味噌や醤油にしても、米にしても、いつまでも、そういう嗜好《しこう》が続いていくものかどうか。

或いは、服装にしても、老人たちは、一種の懐古趣味的な気持（だけでもなかろうが）で、筒袖にモンペを採用しているが、洋服を着ることを否定もしていない。しかし、もうそろそろ日本の風土に適合した新しい服が考えられてもよい頃であろう。

いろいろな点で、変貌していく社会と、無関係であることが出来ない以上、茗荷《みょうが》村としての基本的な考えが、社会との関連に於て、どのように変わっていくか、春木君のいう通り大きな課題であろう。

「村長もおやじも、年寄りのくせに、割合に窮屈な物の考え方はしない方ですから、若い者が又若い者なりの考えで、村のあり方を変えていくことについては、反対しないと思います」

「なるほど」

「むしろ喜ぶかもしれませんね。それは、ふだん、後継者としてわれわれに物をいう時も、現在の型を押しつけるというよりも、若い者自身の新しい考えを出させようとしますし、それが未熟であろうとも、出てくると、非常に喜びます」春木君は熱心にしゃべる。「だから、今後の村の経営について、社会との関係に難しいものが出て来るだろうとは思うが、村自体の今後については、不安もあるけれどその底に明るさを感じています」

「そうですか、それをきいて、安心しました」

「いやー、どんなことになるか、わかりませんよ」春木君は若者の一人として、責任を感じたか、苦笑いをして頭を掻《か》いた。

露の家を出て、一丁目橋を東に渡ると、すぐ左手の区画が、いわゆる通勤寮、老人ホーム地域である。

何か、それらしき建物があるのかと思って、見廻したが、そんなものは、何にもなかった。

ただ、あっちこっちに、櫟林《くぬぎ》と松林が、ちらばっている草原に、小さな家が、ばらばらと建っているだけであった。

これでは住宅地域と何にも変わったところがない。住宅地域も、みんな小さい家ばかりだったが（もっとも、大きな家を建てたいなどという考えを持つ者は、大体、茗荷《みょうが》村などにやって来はしない）、ここも、又、小さい家ばかり。

それも、藁屋根の農家あり、普通の瓦屋根あり、山小屋風の家あり、近頃風の洋風の家あり、それぞれ、てんでんばらばらだが、ただ、全部、居間の多くが南側を向けるように建てられていることだけは共通していた。

「どれが老人ホームで、どれが通勤寮ですか」

「いや、どれといって、みんな混じっていてわからんのです。若い者が出て来た家が、通勤寮で、年寄りが出て来た家が、老人ホームです」

春木君のいうことをきいて、何かわかるような気がした。

「中には、若い者と年寄りとが出てくる家もありますよ」と春木君は笑った。

茗荷《みょうが》村には、世間でいうような、老人ホームはないし、いわゆる通勤寮もない。簡単にいうと、老若ごちゃまぜなのである。

これは、村を創設する時に、この村の大事な仕事の一つに、年寄りを大切にしようということがあったので、老人たちを、どのような形で、受け入れようかという相談が当然なされたわけである。

その時、村長や古木老人がこういう事をいった。

老木のそばに若木を植えると、老木の勢いがよくなる。

長旅をする時、若者のそばにいると、くたびれない。

こういう事実は何を物語るかというのである。

どんなに、設備をよくしても、冷暖房完備、じゅうたんを敷きつめ、カラーテレビを置いてみても、老人たちばかりを集めた建物は、『ウバステ山』建築である。

「そういう建物は、真黒に塗って」古木老人はいった。「玄関に烏の剥製でも置いて、屋根に烏の飾りでも、つけた方がええぜ」

「そういう味気ないとこへは、はいりとうないのう」と村長もいう。

「そうよ、他の奴らのためより、先ず、わしらのために、そういう、あほらしい老人ホームは、建てんとこや。やっぱり、若い奴と一しょに住んだ方がええぜ」

そういって、古木老人は、ぱちんと手を拍った。

その音で話がきまった。通勤寮とか、老人ホームという考えをすてた。ある家には、遠く故郷を離れて来た青年と老人夫婦が住んだ。老人たちは、その青年を、まるで自分の息子のように可愛がった。

巡査も、道直しの常やんも、郵便屋も、それぞれ、老人や、若者たちと一しょに住んだ。

巡査に、おじいちゃん、おばあちゃんと親しまれて、老夫婦は満悦した。

常やんと青年とが一しょに住んで、青年は常やんの、遊戯三昧ともいえる道直しに打ち込んだその人柄から滲《にじ》み出るものに打たれた。

ある家は、青年たちばかりが住んで、徹夜で議論がたたかわされることもあり、ある家は老人夫婦だけが住んで、ひっそりと静かさを楽しんでいた。

又、ある家には、陽気なお婆さんが三人住んで、自ら『かしましの家』と名づけて、朝から晩まで、賑やかに暮らしているのもあった。

ところどころに、『せわ人の家』というのがあって、ここでは、保母さんが独身者のための、食事、風呂、洗濯などをせわしていた。

常やんは、ここで、弁当をつくって貰《もら》うのが楽しみであった。巡査や郵便屋は、それぞれのおばあちゃんに弁当をつくって貰《もら》っていた。

二軒ある『せわ人の家』の中の先任者が、一応の『当番さん』として、通勤者、老人たちの管理の責任をもった。

特に、健康管理、防火管理には細心の注意を払った。

通勤者たちも、いつも出たりはいったりしているし、老人たちも、大てい、じっとしている人は少なく、野菜や花をつくったり、雞や鯉を飼ったり、産業施設などへ手伝いにいったりしているから、大てい顔を合わすので、健康状態を知るのには便利であった。どこへも出ないで、大てい家の中でひっそりと暮らしている老人も、少しはいたから、これは、当番さんや、保母さんたちが、出かけていって、話相手になったりした。

一丁目住宅区域は、この区域の中にあったので、住宅の人たちとの交流もよく行なわれ、住宅の人たちも喜ぶので、そのうち、二丁目住宅区域の方にも、通勤者、老人の家、『せわ人の家』を建てようと、村長たちは考えているそうだ。

この区画のほぼ中央に、可なり大きな池があった。一八川から水をひいた防火用水池だが、まわりには、散歩道があり、ベンチも置いてあった。

一組の老人夫婦が腰かけていたが、われわれの姿をみると、いかにも人懐っこく、にこにことあいさつをしてくれた。

池には、大きな錦鯉が悠々と群をなして泳いでいた。

「女子の独身者はどこにいるんですか」

「ああ、それは別にあるんです」春木君は向きをかえて歩き出した。「ついでですから、ちょっと見て行きましょう」

一旦東一丁目通りへ出て、道を逆に戻った。

「老若は混合ですがね」春木君は笑った。「若い女の子は別だと、長老共が、川をへだてたところに、女子寮をつくったんです。昔気質ですね」

「でも、それもさっぱりしていて、いいですよ」

女子寮は一丁目橋を西へ渡ったところ、ちょうど露の家の向かいにあったのだが、看板が出ているわけでなし、ただの農家が建っているだけなので気がつかなかった。

中ぐらいの大きさの藁屋根農家が六軒、蜂の巣のように、六角型にならべて建てられていた。六軒の家に囲まれた中庭の芝生のすばらしさには驚いた。

その片隅みには、悠に五、六十人が野外食事が出来るように、丸太づくりの椅子、テーブルがつくりつけられていた。

芝生の中央は、キャンプファイアが出来るように、円く砂地になっていた。

ところどころ、赤いビーチパラソルが立ててあって、その下に、キャンバス製や、藤製や、ビニール製やいろいろな椅子が置かれていた。

各部屋の窓のカーテンの華やかな色どりが、いかにも女子寮らしかった。

今は二十人ぐらいしかはいっていないが、六十人ぐらいはゆっくりと受け入れられるそうである。女子の実習生や、見学者、或いは女子大生などで、演劇や、人形劇をみせにやってくる連中も、ここで泊めて貰《もら》うことになっている。

ここは完全な自治制で、半年毎に、『当番さん』が選出されて、その人が責任者として、みんなの面倒をみていく。別に副当番が二人いる。

「ここは、男子禁制ですから、これぐらいにしてと、今演劇の話が出ましたから、ついでに、劇場をみませんか」と春木君が誘ってくれた。喜んで私はついていった。

劇場は女子寮の西隣りにあった。隣りといっても、例によって、この村の方針で、くっついているわけでなく、だいぶ離れて、道路からもはいりこんで、ちょっとした森と花壇にかこまれた、ヨーロッパあたりの、古い田舎町の教会といった感じのものであった。

赤煉瓦の階段を登って、厚い木の扉を開けてはいるところなど、教会そっくりの感じである。

しかし、中の感じは、古臭いものではなく、落ち着いた感じの中にも明るさ、華やかさがあった。

誰であったか、村長さんの知人で、高名な建築家が、奉仕的に設計を引き受けてくれたそうで、二百人ぐらい収容の小じんまりした小劇場だが、照明にも舞台の構造、設備にも、新しいいろいろなものが（申訳ないが春木君も私も、その方はさっぱりわからないのである）装備されているそうで、そのりっぱさは、近府県にも余りないということである。

そこで、各大学の演劇や人形劇の研究グループが、よく貸してほしいといってくるそうである。村は村で、その時を利用して、観劇をするわけである。

ところが村の住人は、案外目が肥えているので、演出家は、役者共に「茗荷《みょうが》村の住人を感動させなかったら、お前達の演技が拙いしょうこだぞ」といって、ねじを巻くそうである。

その他、村の総会の時の会場にもなるし、クリスマスや、七夕祭も雨の時は、ここが使われる。

堅いところでは、研究所主催の研究会や、外部のいろいろな研究会の会場に貸すこともある。

会場費はただのように安い。それは、そもそも、この劇場が出来たのは、ある富豪が息子を亡くした。その息子が演劇好きであったのと、生前、古木老人のところへよく遊びに来ていた関係で、息子の供養のために、茗荷《みょうが》村へ劇場を建てて寄贈したものである。その上、維持費がいるだろうというので、別に何がしかの金をつけてくれた。

維持費は現在のところ、その金の利子だけでいけるので、会場費は別に貰《もら》わなくてもよいのだが、それでは、使う方の気持も落ち着かんだろうし、冥加も悪いだろうし（今時、こんな古くさいことをいうのは、勿論、村の長老たちである）いわゆる冥加金として、少しとろうということになったのである。

この金は村の基本財産に繰り入れられる。

このことは、寄贈者の了解済みである。

そこで、普通こういう場合には、よく寄贈者の名が冠せられて劇場名がつけられるものだが、この場合は、寄贈者の希望で一切名は秘せられた。

そこで、出来て二、三年になるが、いまだに名はない。ただ「劇場」で通っている。名づけ狂の古木老人も知らん顔をして「劇場、劇場」といっている。

外部では、茗荷《みょうが》村の劇場だとか、茗荷《みょうが》座とか勝手にいっている者もあるそうだが。

「ええと、後は研究所ですが、研究所でゆっくりして頂いていると、売店が閉めてしまいますから、先に売店へ行かれますか」

春木君が気をつけてくれてありがたかった。

売店は劇場のすじ向いにあった。

竹籠、竹箸、お盆、茶托、家具、テーブルセンター、マット、手提袋、マフラー、帯じめ、湯呑、皿、箸置き、オブジェ的陶器、ガラスの皿、味噌、醤油、胡麻油、駄菓子、いちごジャム、漬物、椎茸、お茶、燻製など、この村の産物は、畑の生物を除いて、殆ど出ていた。

どれもこれも欲しかったが、持って帰ることを考えて、結局、竹箸、茶托、箸置、ガラスの小皿、駄菓子と燻製を買った。

店番は上品な老婆と、中年の女の人と、ちえおくれの二十歳ぐらいの女の子との三人であった。茗荷《みょうが》散らしの風雅な包み紙に包んで紐をかけて貰《もら》ったが、まことにていねいな包み方であった。

老婆は、もと精薄施設に勤めていた保母さん、一丁目住宅区域の老人の家から通勤して来ている。中年の女性は身体障害者で、足に軽い痲痺がある。この人は女の子と一しょに、女子通勤寮から通っている。

ふだんは、この三人でやっているが、特別に劇場で研究会があったり、団体見学で忙しい時は、研究所や役場から手伝いに出る。

売店は、店売りだけで、発送は、事業部の方でやっている。まあまあ、三人が、何とか食べられるぐらいは売れているらしいと、春木君の話であった。

第十五章　研究所

研究所は、東一丁目通り、一丁目橋を東に渡った右側の区域にある。この村の東南隅で、熊川から、東の山への緩やかな斜面に点々と建物がたっている。

本館は鉄筋コンクリート三階建。他の建物は全部平屋で、それぞれの目的によって、鉄骨スレートの工場風もあれば、ブロック建て、丸太小屋、藁屋の農家、木造瓦葺《ぶ》きなど種々雑多であった。

本館の一階には所長室兼応接室、事務室、研究室がある。

春木君は私を所長に紹介しておいて、研究員室に帰っていった。

所長は花竹という六十歳ぐらいの人であった。運動ズボンにジャンパーといういでたちで、顔も、体のこなしも、物のいい方も、要するに全体がまことに飄々としていた。

「花竹とは珍しいお名前ですね。竹花というのはよくありますが」

「へえ、鼻の中のできもんみたようで面白い名前ですなあ」と人事《ひとごと》のようにいう。

出された紅茶に蜂蜜を入れて貰《もら》ったことから、話が養蜂にうつった。養蜂は所長の最も得意とするところで、今でも、家の裏に二箱飼っているそうである。

この茗荷《みょうが》村は、れんげ、菜の花、栗の花、それに各家が花畑を持っているので、蜜蜂にとっては、先ず極楽である。というような話から、蜜蜂の針が神経痛に利くというような妙な話になり、巣箱の前にむき出しの尻をつき出しておるかっこうまで見せられたのには辟易《へきえき》した。

蛇の肉をこまかく切って、それを竹の先に刺して歩いていると、地蜂が必ずやってくる。蛇の肉にとまった地蜂は夢中になって、蛇の肉を喰いちぎって団子をつくる、文字通り夢中になっているので、それに馬のしっぽの毛をつけても知らない（どうしてつけるのか聞き洩《も》らした）。やがて、蜂は馬のしっぽの毛をつけたままの肉団子を抱いてとび立つ。

さあそれからが事で、野も川も草原もあったものではない、とにかく、馬のしっぽの毛を見失わぬようについていく。上を向いて走るので、穴くぼに転り落ちることや溝にはまることもあるという。

やっと巣についた蜂は大急ぎで穴からはいる。息を切らしてたどりついた人間は、その穴さえ見つければもう安心である。ゆっくりとセルロイドを細く切って、それに火をつけて、穴につっこむ。

穴の中はちゃんと空気が対流するようにつくられてあるとみえて、セルロイドから出る毒ガスはどんどん穴の中に吸い込まれていく。しばらくして、土を掘っても、とびついてくる蜂は一匹もいない。全部ぐったりして参ってしまっている。そして、蜂の子をしこたまもらうという訳である。

「蜂の子は、炒っても、飯に焚《た》き込んでも、うまいもんでしてなあ」と所長はいう。

私も、子どもの頃、蜂の子飯を食べさせられたが、そう、うまいものだとは思わなかった。

しかし、こんな話をしていると、所長は際限ないらしく、日が暮れるどころか、夜が明けてしまう。私もこういう話がきらいではないので、惜しかったけれども、話題を茗荷村《みょうが》にもっていった。

「ああ、研究所は、茗荷村《みょうが》のどら息子ですなあ」

「どら息子?」

「生産部でもうけた金を、ここでどんどん使いよるんですなあ」

「なるほど。でも、それが、ここの仕事でしょう」

「そういうことですなあ、わふ、わふ、わふ」と所長は笑った。どうやら、総入歯らしい。

公立の精薄施設長を定年でやめて、蜜蜂と共に、悠々自適していたら、先輩の古木老人に引っ張り出された。

「お前は恩給を貰《もろ》うとるんで」所長は古木老人の口真似をした。「安い月給で雇えるところが魅力じゃ」

「こっちもしゃくにさわりましたんでな、無給でならいってやるといいましたらな」所長は又古木老人の口真似をした。「よけいに、ええのう」

そういうわけで、いまだに無給である。その代わり、村長が気の毒がって、二丁目住宅区域に奥さんと住んでいる家は、家賃をただにしてくれているという。

どうも、この人たちのすることは、どこか現代離れがしているようだ。

「茗荷村《みょうが》ちゅうのは」所長の口調は蜂の話をする時とちっとも変わらない。

「相撲の土俵みたいなもんですなあ」

つまり、『生産』と『研究』と『養老』と『養成』が四本柱、それが『賢愚和楽』という土の上に立って、その上から『天然自然の理《ことわり》』という屋根がかぶさっているというたとえである。

『生産』ということは、何といっても、この村の基本で、先ず食べていけるということである。その上で、甲斐性があれば、一人でも二人でも五人でも、ちえおくれの者と一しょに暮らそうというのである。無理をしてはいけないのである。

但し、自分がぬくぬくと食べて寝て、余裕があれば、まあ、お余りを彼等に分け与えようというのではない。

村の者は、税金や寄附によって、食べることは一応確保しておいて、その上で、彼等の世話をしようというのではなくて、自分も彼等も一しょに、実戦の中で、『餓死を蹠《あしうら》にして』汗を流して食べていこうというのである。

本当のところをいうと、食べられるからやるというのでなくて、やらねばならぬことを、やるので、そうしたら、食べられるかもしれぬ、食べられぬなら、餓死するかもしれぬというところなのだが、そこまでいうと、きつくなるので、まあ、しんどいけれど、何とかやれる見込みが出来たら、やってみてくれよというういい方になるのである。

一人一人でなくて、多くの人が組めば、材料の購入でも、製品の販売でも有利にはなるが、基本は飽く迄も、一人一人が食うことに努力をするということで、同労者として、ちえおくれの人が一しょにいるというだけのことである。

これが、『賢愚和楽』の上に立った『生産』の柱の姿である。

生産の中の畜産に、大家畜は飼わないということも、この土地の条件から、無理をしないで自然の理《ことわり》にしたがうということであり、種類もこれ以上余りふやさない。小規模の染物屋をもう一つふやす程度である。この事も、長老たちの経験上、余り欲張らぬことだという、自《おの》ずからなる限界を知った自然の姿である。

賢愚合わせて約半々、大体二〇〇人ぐらい、今の茗荷《みょうが》村の状態をもって、限界と、村では考えているようだ。

これ以上増える傾向があれば、それは第二茗荷《みょうが》村、第三茗荷《みょうが》村をつくることによって、解決したいといっている。

又、村の立地条件によって、村の規模も、生産の種類も変わってくる。例えば、海辺、湖畔、山岳地帯、都市の周辺等、それぞれの条件が変わってくるにつれて、現在の、この茗荷《みょうが》村とは全然形の変わったものが出てくる筈である。

又、村を経営していく人たちの人柄によっても、ニュアンスの違った、それぞれの村の色彩が出てくるであろう。

「そら、かましまへんのや」花竹所長は、にこにこする。「ただ、土俵つくりさえ同じやったらな、いろいろあるのも、天然自然の理《ことわり》でっしゃろ」

「村の興亡も考えられますね」

「そら、ありまっしゃろな、人間のすることでっさかいな」

そこで所長は、ちょっと天井を仰ぐようなかっこうをした。

「まあ一番こわいのは、欲と高慢ですなあ、欲張って、柄にもないことを望んで、もっと増やしたろ、もっと大きしたろ、もっともうけたろ、もっと評判高うしたろ、これはあかん、これはこわい。それから、高慢や、この村が一番ええのや、よそはカスや、この心がこわい。新しいことやると、よう、これが出てきよる。この高慢心が出て来たら、その村はつぶれますなあ。そんな村はつぶれてもええので、それも天然自然の理《ことわり》かもしれませんなあ、わふわふわふ」と笑った。笑い声はわふわふわふだが、言っていることは厳しい。

二本目の柱は『研究』

「子孫の奴らが、御先祖はこんなあほなことして喜んどったんかいなあと、笑いよるかもしれまへんけどなあ、まあ、われわれが、茗荷村《みょうが》ちゅうもんを、こういう考えで、こういうぐあいにつくって、こういう風にやっとったということを、やっぱり、残しといたらんと、と思いましてなあ」

研究の一つの仕事は『この村の記録』である。文章に、テープに、写真に、映画に、克明にとってあるそうだ。

それから、独りよがりになってはいかんので、出来るだけ他からの関係文献を集めて、研究することもやっている。日本は勿論、外国のものも手にはいるものは、極力集めるように努力している。

「けど、なかなか高うついて、それに手間も大変でしてなあ」所長は声をひそめていった。

「今のとこ、余り、大したものはありませんわ」

いろいろな福祉施設などの、記録写真や、記録映画の制作なども引き受けてやっているそうである。

「そういう資料室や、研究員室は」所長は人差指を立てて天井を指した。「この二階です。三階は講堂」

別棟の研究室が四つある。

第一は、遊具、教弁物、教材等の研究、試作である。

これは日本でも、他にそういう研究や製品の市販をやっているところもあるが、ここも、幸か不幸（?）か、そういうことの好きな若者がいて、大学の心理学教室の学生たちと提携して、真剣に取り組んでいるので、長老たちは『どら息子』と呼びながら、とにかく『長い目』で見ている。

第二は、衣料とか靴とかの研究、試作で、重度とか、身体障害児などの着やすい、穿《は》きやすい服やはきものの研究で、ここはやっぱり女子大生などが多い。

第三は建築関係、同じく重度や身体障害児たちのための、居間の構造、食堂の椅子とテーブルの関係、構造、便所や風呂の構造などから、暖房の方法、壁の色や質、窓の大きさ、場所、下駄箱の構造、ごみ箱の形態、しょっちゅう、現場に出かけては、模型つくりをして忙しいが、これも長老たちにとっては、可なりの『どら』である。

第四は食物関係。各施設で案外献立の立て方などに困る。そういうところへ出かけて、実地にそこの条件によって、研究し、アドバイスをする仕事。それから『おやつ』も困る。みすみす食品としてよくないことを知りながら、市販のものを買わざるを得ない実状にある施設、おやつの作り方を知らない施設、つくるひまのない施設、そういう施設の相談相手になる。

近頃では、そろそろ、子どもたちにむいた『おやつ』を試作して、使ってみて貰《もら》って、よさそうなら、作って売ってみてはという動きも出かけているそうである。ここのメンバーは全部女性だが、近頃は男性で、この方面に興味を示す者が増えつつあるということだ。

本館をとりまく四つの研究室の連中を村長や古木老人などは『がらくた野郎共』とか『どら息子たち』とか口ではいっているが、腹の中では可愛がっているのだ。

若者が真剣に何かに取り組んでいる姿は、いつの時代でも好ましいものである。

古木老人などは「虫がおらんようになった」といって嘆く。

何か一つのことにとりつかれている者のことを『虫』という。その虫がいなくなったわけである。

日本もアメリカのように、物があふれて、若者たちは、ただ何がなしに大学に行き、ただ何がなしに（何をしようという目標があるわけでない）会社にはいって、何がなしに暮らして、死んでいくようになったらしい。近頃は、何のために生きているのかわからんという若者によく会う。

そういう中で、とにかく、もうからなくても、弱い人たちのために役立つものをと、けんめいになっている若者たちの姿は珍しいものだし、老人たちにとっては、嬉しいものであろう。

そういう『どら息子』を苦しい中から育てようとしている、この村の長老たちに、私は改めて尊敬の念を抱いた。

第三の柱は『養老』である。

ここには『養老』はあるが、いわゆる『老人ホーム』はない。

『露の家』でも『麦』でも、売店でも、一丁目住宅区域の通勤者と老人たちの混在の状態からみても、ここは老人を死ぬまで働かせるところであるといえる。

その事は、老人を本当に尊敬し愛していることであって、そのせいであろう、ここの老人はみな発溂《はつらつ》としている。

施設の子らのために生涯を捧げた保母さんたちに、老人ホームで、じわーと緩漫《かんまん》なる自殺をさせるに忍びず、長老たちは相談して、『養老』をこの村の四本柱の一本にとりあげてやって来た。そして、それも、賢愚和楽の地盤の上で、どこでも、老人たちと愚者とはつながっている。

そういう点で、この村の『養老』はある程度成功しているといえるであろう。

ただ、その数が少ないといえるが、それは現在の茗荷《みょうが》村の能力からいって、止むを得ない。もっと入れたければ、村長たちのいうように、第二、第三の茗荷《みょうが》村をおつくり下さいということになる。

第四の柱は『養成』。後継者の養成は絶対に必要だと老人たちは腹の底から思っている。しかし、いわゆる『養成所』をつくって、募集はしない。

あくまでも、茗荷村《みょうが》の中で働いてみたい、情熱をぶっつけて、何かをやってみたいという若者を待つ。

そして、ありがたいことに、研究所にも、各生産現場にも、役場にも、可なりの数の若者があたえられている。

その連中が、時々、『ぼけ屋』で、『麦』で、或いは研究所で、役場で、野っ原で、畑の畦で、口から泡をとばして議論をたたかわしている姿を、老人たちは、かげから、にやにやと北叟笑《ほくそえ》んでみている。

「近頃の青年には、とんでもないのもいますけどなあ、けどまた、えらいのもいまっせ」

そういうと、所長は「ちょっと失礼」といって、のこのこと立って出ていった。トイレにでもいったのであろう。しばらくすると帰って来た。

「晩ごはんたべにいきまひょう」

「はッ?」

「腹へって来た」

「どこへですか」

「わが家へ」

「それは、しかし、ごめいわくを」

「いやかめへん、かめへん」所長は片手をひらひらと振った。「わが家は、いつでも、一人二人はどうでもなるように、融通のきく献立にしとりますさかいなあ」

立ち上がった所長は歩きながら振り返った。

「なんせ、時々、若いやつが議論吹っかけにきよりますのでなあ。目的は飯ですけどなあ、わふ、わふ、わふ」

気がつかなかったけれど、外には、もううっすらと暮色が漂っていた。

東通りをぶらぶらと二丁目住宅区域まで歩いた。

所長の家は、区域のほぼ中央の池のふちにあった。六帖と四帖半と台所と風呂場と便所だけの小さな家であった。

小柄な所長と同じぐらいの年配の奥さんが愛想よく迎えてくれた。

「ようこそ、お待ちしておりました。さ、どうぞ」

奥さんの挨拶をきいて、さっき、所長が出ていったのは、トイレでなく、電話をかけにいったのだとわかった。

六帖が座敷で、四帖半が、この夫婦の居間らしい。子どもは四人あるが、皆独立したり嫁にいったりして、今は二人だけだと奥さんがいっていた。

座敷はまことに、さっぱりして、先ず、これぐらい、きれいさっぱりと、装飾のない部屋はみたことがない。壁面は完全に無一物、僅かに、部屋の隅に、数十冊の古い本が、本棚もなく、畳の上に、じかに無雑作に積み上げてあった。背が見えないので、どういう本か見当もつかなかったが、感じでは、何《いず》れも、どっしりしたもので、ちゃちな本でないことはわかった。

さっそく、足を折りたたむ。ちょっと、今時珍しい円形のお膳が出て、その上に、夕食がならべられた。

胡麻豆腐、ちりめんじゃこと大根おろし、えんどう豆とわかめの煮もの、それに豆腐汁、漬物は刻んだ古菜、御飯は麦めし。

鉢や皿を一つ一つのぞきこんで、所長がいった。

「ふむ、胡麻豆腐二こが一こ半に減っとるわい、むふむふむふ」

さすがに、わふわふとは笑わないで、むふむふと押えて笑ったところに、奥さんへの思いやりが感じられた。

途中で、小皿に入れたわさびが出た。所長の顔をみると、

「いや、最後にね、古菜漬の茶づけをやるのが好きで、その時に入れますのや」と説明してくれた。なるほど、そういえば、昔、東京の道玄坂で古菜の茶漬を食べたとき、わさびがはいっていた。

と思った。

私も、最後に、所長の真似をして、古菜の茶漬を食べたが、道玄坂にまけないくらいうまいと思った。

食後に出された栗のきんとんとお茶もうまかった。

「わしゃ下戸でしてなあ」というと栗を一つぽいと口に放り込んで、所長は、にたにたとした。

日本人が「下戸でして」という時は、大てい、いく分卑下した口調でいうものだが、この人のは、全然卑下していないので、「酒のみのあほうよ」といっているようでおかしかった。

茶のみ話の中で、所長は、診療所と保護所の話をしてくれた。わふわふと笑うところなど、抜けたような感じをうけるが、しんは案外ちゃんとしていて、こと研究所に関する事は全部話してくれるつもりらしい。

診療所は役場の筋向い、消防署の隣りにある。老先生夫婦と老看護婦が一人住んでいる。町で長い間開業していたが、そちらは息子に譲り、茗荷《みょうが》村にやって来て、老後、少しでもお役に立とうというわけである。

この人も飄々とした人で、診察より話の方がうまいという評判である。田舎のことで、いわゆる『全科』であるが、中でも『碁科』が一番しっかりしているとは、研究所あたりの若者たちの陰口である。

はじめは役場の衛生課に属していたが、途中から、研究所に属するようになった。それは、○○市の大学から、医者の卵たちが、二、三人やって来て、ずっと継続的に、精神薄弱の医学的研究をはじめたからである。

老先生も、むしろ、それを喜んで、専ら『碁科』に専念するというようになって来た。大ていの診察治療は、老先生と卵共でできるが、手に負えんものは、○○市の大学病院に連絡して、車で運ぶということになっている。

老看護婦がまことに、まめなよい人で、仕事の合間をみては、一丁目住宅区域内にいる老人たちや、二丁目住宅の家族たち、その他村中の家を歩き廻って見てくれることは、村中の人たちから感謝されている。

その姿をみて感激した役場に勤めていた若い女性の一人は、自分も看護婦になろうと心を決め、村長さんと相談の結果、○○市の準看養成所にはいったそうである。

天邪鬼の古木老人も、老先生のいうことは余り信用しないが、この看護婦のいうことには、絶対服従だという。

この老看護婦のいる限り、村の娘の中から看護婦志望の者は絶えないだろうと、所長はいった。

生意気盛りの卵どもも、流石《さすが》に、この老看護婦には頭が上がらぬそうである。

けれども、老先生の存在は、今でこそ『碁科』だとか何だとかいってるけれども、大げさにいえば、この先生がいなかったら、茗荷村《みょうが》は出来ていなかったかもしれんと、所長はいう。茗荷村《みょうが》をはじめるについて、村には医者がいる、看護婦がいるということは、どれだけ強味になったことか。

前の村の人たちが、離村していったというのも、一つには、医者がいなかったということである。

こういう辺ぴなところへ来る人が一番心配するのは、何といっても、医者と教育と買物である。教育と買物は車があれば何とか片がつく、医者も、車があれば運べるけれども、そこに医者がいるということは大きな安心感を与える。

はじめに碁科の先生が来てくれたということは、茗荷村《みょうが》の大きな幸運であったわけだ。

最後に保護所のことを話してくれた。

これは、外部から、ちえおくれの人を置いてくれと頼まれると、一時預かっておく施設である。

勿論、精神病者とか、伝染病をもっているとか、極端に肢体が不自由だとか、現在の茗荷村《みょうが》の能力をもってしては、預かることが出来ないというような人は、はじめの相談の時にお断りするが、そうでない人たちは、しばらく、ここで観察を続けるわけである。

「来る人はみな預かってあげたいんですがなあ」所長は残念そうにいう。「やっぱり、まだまだ、この村にも限界がありますわ」

「そういう人たちこそ」所長はしみじみという。「国で大事にしてあげんならんと思いますなあ」

重度の人とか複合障害者については、長老たちは割り切っている。

「みんな預かってあげたいが」と村長はいう。「そんな重いもんを今たくさん積み込んだら、茗荷《みょうが》丸は沈没するかもわからん」

そしたら元も子もない。もともと、茗荷《みょうが》村というのは一つの試みであるから、ここで沈没してしまうわけにはいかんのである。

現在の段階では、そういう人たちは、国の方で、充分に面倒をみてあげてもらいたい。そのかわり、中軽度の人たち、動ける人たちは、賢愚和楽の基盤の上で働いてもらう。

「村長さんたちは、茗荷《みょうが》村を一つの試みだといわれたそうですが、それはどういう意味ですか」

「村長や古木老人たちはですな」所長は窓越しに暗い夜空をじっとみつめた。「最終的には、この村のつぶれることを望んどるんですわ」

「つぶれることを?」

「そうです、今この村にある、生産部の各施設も、つまり、やきもの屋も、ガラス屋も、織もの屋も、農場も、養鶏も、それから老人の家も、通勤者の家も、宿屋も、喫茶店も、居酒屋も、診療所も、寺も、みんな、社会に帰らんといかんのです」

村として困っているのではなくて、これがそのまま、社会にまでひろがって、社会そのものが、茗荷《みょうが》村になってしまうこと、この中の一つ一つのものが、社会の中に散在して、融け込んで、社会が賢愚和楽の土俵になること、日本列島全部が茗荷《みょうが》村になってしまうことが、ここの長老たちの願いである。

「日本列島だけやない」所長は私の顔をみてにやりとした。「地球がそうなっても、けっこうでっせ」

そうなるための、一つの見本がこの茗荷《みょうが》村であるという。だから、ちょっとつぶせない。その為には、目をつぶらねばならぬ点もあるし、余り好きではないが、参観も受けねばならんこともある。

「あんたみたような人は、別でっせ」と所長はまたにやりとした。

茗荷《みょうが》村の中にある個々の生産単位を、長老共は『茗荷《みょうが》塾』と呼んでいる。一つの茗荷《みょうが》塾が出来て、それが、二つ三つと増えて、大体十ぐらいで一村としての限界とみている。

そして、茗荷《みょうが》村が増えていくかもしれない。

しかし、次の段階では、茗荷塾《みょうが》が、社会の中に点在していく、その点か粒のようなものが、社会の中に増えていく。これを『万粒構想』と呼んでいる。

「万点構想でもええんですけどな」所長は笑う。「余りあつかましい感じやし、まだ途中やで、万点やれまへんので、万粒構想。この方が、語感も力がはいってよろしい」

「まだ、先があるんですか、その先は何ですか」

「その先は極楽ですな、無でもええかな」

「極楽？　無？」

「賢もあり愚もあり、貧もあり富もあり、健もあり弱もあり、そして、賢もなし愚もなし、貧もなし富もなし、健もなし弱もなしですわ、わふわふわふわふ」

私は、春の夜空に、自分の心が、伸びやかに拡がっていくような気がした。

春木君が、自動車で迎えに来てくれた。これから二十キロ、○○市の国鉄駅まで送ってくれるのである。

所長夫妻に心から礼をのべて辞した。

途中、『麦』の明るい光が見え、やわらかい音楽と、にぎやかな笑い声がきこえた。車からおりて、あのうまいコーヒーをのみたいと思ったが、汽車の時間があるので、あきらめた。

真暗い田圃道を車は快適に走った。満腹の後の快い疲れといったような気持で、私は黙っていた。

しばらくしてから、ふときいてみたいことに気がついた。

「春木君、この村の創設の時に、君のお父さんや、村長さんや、木村さんや、所長さん、つまり長老たちは随分苦労されたでしょうなあ」

「それがね、あったと思うんですが、余りいわんのです、僕ら若い者に」

「どうしてでしょう」

「わしらは、こんなに苦労したんやぞ、今の若い奴らは何しとる、そんな気恥ずかしいこといえるかというんです」

「気恥ずかしい？」

「ええ、そんなこと、若いもんにいう奴は年寄りの面汚しやとまでいってます」

「なるほどねえ」

「苦労することが、何が偉いねん、誰かって苦労したいことあらへん、苦労せんで通れたら、そんな結構はない。ただ、苦労するもせんも、ほんまはどっちでもええのや、というんですなあ」

「なるほどねえ」としか、私にはいいようがなかった。逞《たくま》しい歩みで、どしどしと歩く老人たちの骨太な姿を見る思いであった。

「それでも、古い記録や資料は喜んで見せてくれます。克明につけていますが、それを見ると、まあ、どえらい苦労をしとるんですなあ。僕なんか、うちのおやじが、茗荷《みょうが》村に手をつける前だったので、大学出して貰《もら》えたんです。そうでなかったら、親子諸共、餓死といつも背中合わせだったでしょう。それが、村長も所長も木村さんも、みなそうなんです。それを、ぶつともいわんのには、シャッポ脱ぎますわ」

明治の男の骨の硬さよ。

「すんだ事は余りいいませんがね、これから先の事は、夢多きおじいちゃんたちですよ」と春木君は笑う。

その一つに結婚あっせんがある。

先ず、施設職員、特に保母さんの結婚あっせんである。施設の先生は、異性との接触が限られている。特に保母さんは、子どもたちの面倒を見ているうちに、いつの間にか婚期を逸してしまう。

そういう人たちのために、先ず、施設職員同志のあっせんをはかる。

そのためには、カード（全身写真貼付）を全国の各施設に配布して、記入返送して貰《もら》い、男女両方を、それぞれ、希望によって分類、つき合わせてみて、良さそうなれば、双方に通知して、茗荷《みょうが》村見学を兼ねて、見合いをさせる。

「その時は、音やんの馬車に、その二人をのせるように、仕組むんじゃな」

「そうじゃ、あれにのると、何とのう、こう、ロマンチックになるからのう」

「音にうまくいい含めて、ひる飯は、ぼけ屋で一しょにということにする」

「晩は、露の家はどうじゃ、それから……」

「あほう、まだ早いわい」

長老たちも、この話になると、いつも若返るらしい。

それから、ちえおくれの子どもを兄弟姉妹に持った人たちの、結婚あっせんである。

これも、案外、人知れぬところで、悲惨なことがあるようである。兄弟姉妹の結婚のじゃまをしないように、こっそりと、遠い施設に『島流し』にされる子どもも、かわいそうである。

この人たちの、あっせんは、同じくカードを各施設に送り、そこから、保護者に送って貰《もら》う、あとは、職員の場合と同じである。

「見合いだけでなしに、式も披露も、ここで引受けたらどうじゃ」

「それも、めんどうでのうて、よいかもしれんのう」

「式はどこじゃ」

「劇場はどうじゃ」

「広過ぎゃせんかのう」

「役場の奥の広間など、落ち着いてええぞ」

「披露はどこがええかのう」

「劇場で、ぱぁっとこう洋式にやったらどうじゃ」

「いや、露の家あたりで、日本風にくつろぐのもええぞ」

「そうじゃ、あのおかいの料理はうまいでのう」

「今時、あんな料理はちょっと、町にはないで」

「俺も、もう一ぺんやるか」

「あほう」

老人たちは、『結婚あっせん』を茗荷《みょうが》村の四本柱の上の『朱房白房』にたとえている。このたとえは、いかにも、結婚のはなやかさを象徴していていい。

国鉄の駅で私をおろした春木君は、車をまわして村へ帰っていった。赤い尾灯が目にしみた。

駅の待合室は空いていた。

汽車を待つ間に、春木君がことづかって来てくれた村長さんの色紙を袋から出してみた。

そこには、例のかすれたような字で、こう書いてあった。

ココハ愚者ノアソブトコロ
賢者モキタリテアソブベシ

茗《みょう》荷《が》村々長

（終り）

著者・田村一二略歴

明治四十二年、舞鶴に生まれる。昭和三年、大阪府立市岡中学校卒業、昭和八年、京都師範（現・京都教育大学）図画専攻科卒業、昭和八年～十九年、京都市滋野小学校特別学級担任。昭和十九年～二十一年、大津石山学園設立、寮長。昭和二十一年～三十六年、滋賀県立近江学園設立、副園長。昭和三十六年～五十年、一麦寮設立、寮長。茗荷塾開設。昭和四十八年、朝日社会奉仕賞受賞。昭和五十年、茗荷村塾創立。昭和五十四年、山田典吾監督により本書が映画化され、完成。茗荷会結成、代表。京都新聞社会福祉功労賞。昭和五十七年、大萩茗荷村開村。昭和六十年、毎日新聞社会事業団社会福祉顕彰。平成五年、石井十次記念賞受賞。平成七年十一月八日没。享年八十六歳。

著書

『忘れられた子等』『手をつなぐ子等』（いずれも映画化）『石に咲く花』『百二十三本目の草』『開墾』『精神薄弱児の生活指導』『鋏は切れる』『特異工場』『子鹿物語』『バックネット』『あほう学校』『はなたればとけ』『精神薄弱教育論』『ちえおくれと歩く男』『この子らと共に』『ぜんざいには塩がいる』『腹の虫にきく』他。画集『きつねぼし』『かっぱ沼』など。

著者夫人・田村美枝子氏現住所

〒五二〇-三二一一

滋賀県甲賀郡石部町東寺三丁目三番七号

大萩茗荷村

〒五二七-〇一四一

滋賀県愛知郡愛東町大字百済寺甲二五三

電話　〇七四九（四六）〇三八七

茗荷会事務局（真愛保育園内呼出）

〒五二〇-〇一一三

滋賀県大津市坂本二丁目十二番三十七号

電話　〇七七（五七八）〇三四六

茗荷村見聞記［復刻版］

定価はカバーに表示

一九七一年十月十日　初版発行
一九八九年十一月二十日　九版発行
二〇〇二年七月二十日　復刻版発行
二〇〇七年六月二十日　復刻版二刷

著者　田村一二

発行所
〒六〇三-八三〇三
京都市北区紫野十二坊町十二-八
株式会社　北大路書房
電話（代表）〇七五(431)〇三六一
ＦＡＸ　〇七五(431)九三九三
振替京都〇一〇五〇-四-二〇八三

印刷/製本　創栄図書印刷㈱

ISBN 978-4-7628-2258-2　Printed in Japan

山の宿
五丁目バシ
め林
柿林
栗林
茶畑
四丁目バシ
六川
麦
熊川
小豆
きび
そば
六川
大豆
いも
三丁目バシ
二丁目
住宅
二丁目バシ
一丁目
住宅
プール
つゆの家
一丁目はし
寮
研究所